JN074732

いかに終わるか

山野浩一発掘小説集

岡和田晃［編］

小鳥遊書房

いかに終わるか　山野浩一発掘小説集／目次

1　「死滅世代」と一九七〇年代の単行本未収録作

2 一九六〇年代の単行本未収録作

3 21世紀の画家M・C・エッシャーのふしぎ世界

4　未発表小説、および「地獄八景」

1 「死滅世代」と一九七〇年代の単行本未収録作

死滅世代

ハイスクールの卒業パーティで一人の女学生が殺された。白いテーブルクロスの上に酒瓶や料理とともに彼女の全裸の死体が並べられ、多くの生徒が次々ナイフやフォークを乳房や眼に突き刺していった。僅かな生命の名残りを思わせる鮮やかな血がテーブルクロスを赤く彩色していった。

彼女の名はトシ子。私の恋人だった。

私はホールの片隅でその光景を別世界の出来事のように眺めていた。なぜかその時、国連士官学校への入学試験に対する自信がわいてくるのを感じていた。

警察では私が見ていた時以上に正確に事件を話すことができた。不思議にナイフを突き刺していった生徒たちの名まで覚えており、トシ子が私から離れてテーブルに近づいた一瞬、横山という生徒が「やろうぜ！」と叫んでナイフを突き刺し、すぐに彼を追って二人の生徒が首を締めながら衣服を脱がし始めた時までの数秒間は私の脳裏に極めて正確な映像となって残されていた。トシ子はその間、声をたてず、僅かに眼を見開いただけで驚きを表現した。生徒たちは興奮し、コップを床に投げつけたり、ナイフやフォークを何本も集めてまわったり、マリファナタバコを一気に吸い込んだりしてその事件に仲間入りしようと急いでいた。

刑事はいった。

「なぜすぐにとめようとしなかったのかね？」

「とめるって？　彼女はもう死んでいたのです」

「いや、殺されたのは一瞬で仕方ないとしても、その後生徒たちが次々刺していくのをとめることはできただろう？」

「でも、なぜとめるんです？　死んでしまっているのに」

私はいった。刑事は納得できないというように首を振った。だが私は刑事の気持を尊重する気持にはなれず、帰宅したいという意志を表明するために立ち上がった。

「君は彼女を愛してなかったのかね？」

刑事は坐ったままいった。私は首を振った。肯定するつもりも否定するつもりもなく、むしろ質問に対する拒否を示したかったのだろう。刑事がどう受けとったかは判らない。ハイティーンのパーティに於ける殺人事件は珍しいものではない。若者たちはそれが成人儀式の一つであるかのように誰かを生贄として不在の神にささげた。そして彼らは犯罪者として世に出ていくのである。

私は国連士官学校を受験した。そして希望通りアストロノーツ・コースに入学することができた。制服が与えられ「U・N」の帽章を輝やかせて入学式に出た日、卒業パーティ事件の公判が終って、横山らに十年以下の判決が下ったことを知った。

士官学校での生活には規律があり、楽しく日課を過ごすことができた。だが士官学校のようなところへ望んでやってきた学生たちの中にも規律に反抗する者もかなりいた。そして、そこでも私は儀式を目撃したのである。

生贄となったのは火星着地の英雄であり、名誉教授として士官学校に迎えられていたソ連のゴドノフ翁で、国連デーの祭典に於けるスピーチののち、十数人の学生に襲われた。私は翁の語る火星の物語を楽しんだのち、呆然として翁がひからびた屍に変っていくのを眺めていた。

儀式を行なった十数人の学生は裁判のためニューヨークの国連本部へ送られていった。手錠をはめられた主犯のベンは誇らし気にカメラマンに笑いかけて輸送機に乗り込んでいった。

二年生になると初めてジェット機によるマッハ4の体験飛行を行なった。そして三年になるとイスラエルの鬼軍曹に一ヶ月間の猛訓練を受けた。最終週には輸送機でオーストラリアの砂漠へ運ばれて、そこでパラシュートをつけて放り出された。私たちに与えられたものは一日分の食糧とパスポートだけだった。人口過剰のこの時代でもオーストラリアの砂漠には全く人の気配はなかった。乾いた赤土は焼け跡のようにみえる。或いは核実験の跡地かも知れない。

私は太陽で方角を見定めて北へ進んだ。最初は付近を同方向へ歩く者も多かったが、少しずつ離れていき、やがて一人になった。そして日が暮れた。どちらへ向かえば最も早く村か街へ出ることができるのかわからなかったが、大まかなオーストラリアの地図を思い浮かべると北が海へ出る最も近い方角のはずである。だが、海岸は極めて遠いことも事実で、むしろ他の方向に村や道路へ出る近道がある可能性の方が高いようにも思えた。

そして、確かに私は失敗した。南十字星を背に一晩中歩いても、その砂漠から出ることはできなかったのである。朝日が昇ると、岩陰をみつけて眠った。

私は三日間歩き廻り、僅かずつ喰べていった食糧を完全になくした。だが殆んど動物も植物も、水さえない砂漠であと何日間生きていけるか判らなかった。その日の夕刻、私は同胞の死体を発見した。ゆき倒れたものではなく、ナイフで首や胸を突き刺されたものであった。そしてその男の片足は切り取られており、近くには骨が転がっていた。男がどういう目に合ったのか明白である。既に死体は腐食し始めていた。

夜になっても歩き続けると、遠くに光がみえた。ジープのヘッドライトで、私の呼び声に応じて接近してきた。それは国連士官学校の捜索車の一つであった。

私はコーヒーを飲むと、殺害された同胞について報告した。そして、次の朝には私と同方向に歩いていた同級生の一人がつかまり、殺人をあっさり認めた。その男カーターもまた国連裁判所へ送られていった。

四年間の通常コースを終え、正規の国連軍予備士官となった私は、アストロノーツの専門コースへ進んだ。殆んど俗世から離れてハワイの研究所内で朝から夜まで日課通りの生活を続け、オーストラリアの砂漠での体験以上に厳しい訓練を受けた。だがそうした訓練は奇妙に快いものでもあった。特に私が楽しんだのは密室に閉じ込められる時間喪失ゲームである。およそ二メートル四方の鋼鉄の中にいかなるものの所持も許されず、長時間閉じ込められる。最初は様々なことを考えて時間をつぶすが、やがて考えることにあきて、数字を大声で読み上げたり、知っている歌を順に歌い続けたり、鋼鉄の壁を隅から隅まで眺めてまわったりする。そして私の中から時間が消えていき、完全な静止の中に存在する自我を発見する。何もかも終って、もう何も始まらないような、そういう瞬間が持続し始めるのだ。私はそうした無時間の中で酔っていた。

のちに気がつくと、私は病室で寝ており、頭がずきずき痛んでいた。頭を鉄壁にたたきつけていたそうである。

病室を訪れた将官が私に一枚の辞令を手渡した。ニューヨーク地区停戦監視団員として現地に赴くようにとのことである。

「私は失格ですか?」

私が尋ねると、将官は笑って答えた。

「心配することはない。みんな一度は国連軍人として勤めなければならないんだ。すぐに戻れるよ」

「ニューヨーク地区停戦監視団とは、いったい何のことです？」
「アメリカ東部では内戦が起っているんだ。ニューヨークはゲリラと政府軍とが半年間争ってきたところだ。行ってみればわかるよ。国連軍の中立は双方が認めているから危険はない」

だが現地の状況は想像以上のものだった。マンハッタン島から人のにぎわいが消え、ビルとビルの間に銃声が響いている。タイムズスクエアには大きな爆発の跡があり、路上に穴があき、ビルが半ば崩れていた。私は四人単位の監視班の班長として国連旗と白旗を立てたジープでニューヨーク市を走り廻った。私だけが将校であったが、私だけが状況について無知で、専ら日課を他の三人に任せて何の命令も出さなかった。話によると停戦協定は全く守られていず、監視班すら銃撃されることは珍しくないようである。

そんなニューヨーク市でも人々の日常生活は平凡に営まれていた。スーパーマーケットの自動パン販売器の前には列が生まれ、清掃車の後にはゴミを持った主婦たちの列が続く。ブルックリンのカフェにはマリファナの一服を求めて男たちが集まり、ブロードウエイでは華やかなイルミネイションが輝いていた。そして大通りを戦車が走り廻り、その戦車に鉄パイプ爆弾が投げつけられる。時には自動パン販売器の列の中に爆弾が飛び込み、ビル街の窓から街中へ無数の銃弾が放たれた。

私たちはそうした戦闘の中に突入し、両者に銃撃を停止させ、両者の主張を聞いて書類を作成して国連本部の委員会に提出する。だが裁決には時間がかかり、常に証拠が不充分であり、明確に停戦協定違反と認められることは殆どなかった。

全ては解決へ向かっていない。そして解決に向かおうとする意欲も誰にもなかった。私が解決を気にするのも単にもう一度ハワイの宇宙研究所へ戻りたいと思うからであり、他の人々が解決など問題にしないのも当然といえる。国連はむしろ充分それなりの役目を果たしているようだ。

ベルモント競馬場には解放軍の黒旗が立っていた。付近の治安状態は良く、完全に解放軍の統治がいきわたっている。自動小銃を片手に兵士が馬で巡回しており、私達のジープに接近してきた。

「何の用だね。国連さん」

馬上からその黒人兵士がいった。

「この地区の責任者に用がある」

ジープの助手席からコンゴのクネイがいった。そして黒人の仲間として笑いかけた。だがゲリラ兵は笑わず「責任者などいないよ。誰も責任など持たないからな」といって馬でジープの周囲を歩き廻った。

「ジェド将軍に会いたいのだ。競馬場にいるだろう?」

私はいった。

「さあね。そんな偉い人がいるのかね?　将軍なんてリーとアイゼンハワーしか知らないよ」

「通行していいかね。ごらんの通り我々は国連軍の停戦監視団だ」

「さて、俺がいいと許可するような種類のものではないし、悪いというものでもないな」

「では行くよ」

そういった時、すでにジープは走り始めていた。競馬場通用門でもう一度同じような問答があり、ようやく門を入ってからもジープで競馬場内を走り廻って司令部を捜さねばならなかった。馬場内には数頭の馬が放たれており、スタンドには兵士たちが寝ころんでいる。そして遂に判明したことは、司令部などというものがそこにはないということだった。だが、ジェド将軍は厩舎の一つにいて、数人の幹部と会議をしていた。

一時間ほど待ったのち、私達はその馬舎の中に通された。

「よう！　おめえは！」

いったのはオーストラリアでの事件で士官学校を追われたカーターだった。おそらくニューヨークで服役中にゲリラ軍に救出されたのだろう。

「君がゲリラに参加しているとは思わなかった」

私がいうとカーターは笑った。

「どうしてかね。犯罪者はみんなゲリラになっているぜ。ゴドノフを殺したベンもこのニューヨークにいる」

「なるほど、殺人のプロというわけですか」

私が皮肉をいっても彼は笑いを止めなかった。

「どういう御用でしょう」

ジェド将軍は豊かな髭の中で口を動かしていった。

「ユークリッドアヴェニュでの戦闘で、ゲリラ側に協定違反があったのです」

私がいうと、将軍は頷いた。

「そういう御用件で何度もここへ監視班の諸君がいらっしゃるが、まず第一にゲリラ側が違反したという証拠はない。もしあったとしてもその戦闘に参加したゲリラが我々の解放戦線に所属しているとは限らない。もし参加していても戦闘は彼等の個人的意思で行なったもので我々の組織の方針ではない。我々は停戦を守って、いかなる戦闘命令も出していない」

　将軍は一気に演説口調でいった。

「第一、我々には命令系統なんかないし、そんなもの作っても守る人間なんかいねえよ」

　カーターがいった。

「その通り、ゲリラはみんな勝手に戦争しているんです。これを戦争というならね。戦争と考えるのは国連側で、我々自身は単なる犯罪者だと思っているのです」

　将軍はつけ加えた。

「では、どうして休戦協定を結んだのですかね?」

「殺人にも形はある。いろいろね」

「例えば?」

「例えば、弱い人間より、強い人間の方が先に死ぬべきだ。死にたくない人間より、死にたい人間の方が先に死ぬべきだ。休戦協定はある程度、弱い人間や死にたくない人間を守ることができる。国連さんの努力のおかげでね」

そういって将軍は手をさし出した。私は仕方なく握手して立ち上がった。

「もし暇があったら明日遊びにこねえか?」

別れ際にカーターがいった。

「ベンも呼んでおくぜ」

「ありがとう。ゆっくり話したいものだ」

私はいった。

「よし、では七時に地下鉄駅まで迎えに行こう」


次の日、カーターは約束を守って地下鉄駅にきていた。私がクネイを連れてきたので少少不満顔だったが、歩き始めると前日のように不気味な笑いを浮かべるようになった。その時ふと、私は殺されるかもしれないと思った。そして、その考えが奇妙に私の心を楽しませた。クネイをみると、彼はガムをかみながら口笛を吹いていた。変な芸当のできる男だなと思った。

競馬場に入ると、スタンドに向かい、エレベーターで最上階に昇って観覧室に出た。ベンがウイスキーを飲んで馬場の巨大なたき火を眺めている。

「ほう、こいつが国連士官学校を無事卒業した優等生か」

ベンは私を眺めていった。障碍コースの真中で燃える巨大な炎は五メートルにも達し、その炎の周囲にゲリラたちは騒ぎながら集まっていた。

「面白いものをみせてやるぜ」

カーターはいった。

「また人殺しだろう」

私がいうと、ベンは大声で笑った。

「よくわかっているじゃねえか！　こいつも人殺しが面白えんだとよ！」

そして彼はマリファナを出した。クネイは大喜びで手を出し、私にも一本すすめた。

「私は喫《や》れないんだ」

私はいいながら手を振った。

「へえ、こんなうまいものをね」

クネイはそういって火をつけて喫い始めるとなぜか一瞬大声で笑い、すぐに止めた。

馬場にはスターティングゲートが引き出され、たき火に向かって運ばれていた。ゲートの上部には数人の人間が縛りつけられ宙に下げられている。

「あれは捕虜なのか？」

私が尋ねると、ベンはまた大声で笑った。

「捕虜なんてものが残ってると思ってるのかい？　あれは全部ゲリラさ。ゲリラの裏切り者だ」

「何をしたんだ？」

「何もしねえさ。とにかく手頃なのを選んでみつくろったのさ」

ベンはいって酒瓶から大量のウイスキーを口内に流し込んだ。

「私もマリファナをもらおう」

私はいった。

「そうでしょう。こんなうまいものはないからね」

クネイがいって私の口にくわえさせて火をつけた。

確かにそれはうまかった。だが、初めての麻薬経験だけに刺激が強すぎた。馬場の炎の中で焼かれていくゲリラたちの黒い影が私の眼前で拡がり、一瞬の内に太陽の黒点の中に入っているように灼熱の世界に突入した。ゲートのゲリラたちは最初はあばれ廻っていたが、やがて静止して炎の中の陶酔に身を任せた。そして私自身も陶酔していた。大声で笑い、ベンとカーターと肩を組んでリパブリック讃歌を唄い、アメリカ国歌を唄った。そしてゲリラの一人が持ってきた、焼きたての人肉を喰った。

「うめえだろう、こいつのうまさは俺がみんなに教えてやったんだぜ。オーストラリアで覚えたんだ。おめえも知ってるだろう」

カーターがいった。そして三人でクネイをたたき殺した。クネイは何度も何度も殴られて笑いながら死んでいった。

そして夜が明けた。

気がつくと、私は一人で国連本部まで戻ってきていた。

突然後悔がこみ上げてきて、銃弾をあたり一面にまき散らしたくなったが、残念ながら手元に銃がなかった。そして、私もまた犯罪者側に加わったことに気づいて、ベンたちのところへ戻ろうと考えた。

だが、身のまわりのものをとりに自室へ戻った時、机の上にハワイの研究所からの召還礼状を発見した。

私はその日の内に後味の悪いニューヨークを去った。あとは野となれ山となれ、どのみちゲリラ軍の基地内で起こったことだから簡単に発覚することもないだろう。

一ヶ月後、私は初の宇宙飛行を行なった。轟音とともに宇宙船が震えて強引に天空へ向かって押し出されていく時、私はまたもや死に接近している時の甘味な情緒に沈むことができた。そして重力圏を離れた時の解放感！

確かに私は長い間がまんしてきただけのことはあったと思う。暗闇の虚無の中で、私は生命のない一個の浮遊物と化していた。地球は私の内部から嘔吐のように飛び出して、今更のようになつかし気に青い空気の輝きをみせている。おそらく私に操縦をまかされるようになれば、二度とあのなつかしさの中に生き返る気にはならないだろう。

だが初飛行の私にできることは小さな雑用だけであった。他の七人の乗員は全て私以上の権限を持っており、夫々が宇宙船の運行を計算通りに進めようと努力している。一体みんなの本心はどうなのだろうか？

宇宙船は無事ステーションに到着し、そこに貨物と人員を輸送するという仕事を果たした。そして一泊ののち、私は三人の乗組員とともに同じ宇宙船で地球へ戻った。

私は大尉に昇進し、宇宙飛行士として特別の待遇が与えられるようになった。一日に四時間だけのトレーニング以外は自由時間が与えられ、サーフィンや水泳を楽しんだ。街へも出かけるようになり、特にマリファナを愛するようになった。マリファナを吸い続けていくうちに、珍しく興奮を生むことがあり、それはなにか忘れてしまっていた重要な感性であったような気がするのである。

ホノルルの街の様子もニューヨークと大きな相違はない。ゲリラという種の集団はないが、毎日毎日誰かが人殺しをし、誰かが生贄となった。だが私の仲間である宇宙飛行士たちはそういった儀式にあまり参加しない。私もベルモント競馬場で加わっただけで、その後はさほどそういうものに気をとられることはない。おそらく宇宙飛行士というのはそういう人種なのだろう。或いはオーストラリアでの訓練などは、そういう宇宙飛行上向きの人間だけを選別するシステムだったのかもしれない。

クラブでは大部分生贄ショーをみせていた。一応は芝居なのだが、興奮して本気で殺してしまう場合もあるそうだ。テレビでも殆どの時間をニュース番組にあてて、戦争や犯罪の実況中継をしている。警察はそうした犯罪を一応とり締ってはいるのだが、現行犯以外のものを深く追うことはなく、逮捕されても保釈中にゲリラに入って行方をくらますものが多い。しかし、裁判で死刑の判決が降りると次の日には処刑してしまうそうで、いずれにしろ簡単なやり方である。

海岸の路上では裸の老人が演説していた。

「モラルを取り戻せ！　人殺しは神様がお許しにはならない。みんな忘れてしまったのか、昔の平和な良き時代を！」

だが人々は立ちどまることもなく、無関心に老人の前を通りすぎていく。老人には連れがいた。若い女で豊かな乳房を露出したトップレス水着を着て片手にビラを持っている。女は私が一瞬二人を見つめたのを目ざとく見つけて近寄ってきた。

「読んで下さい」

女はそういいながらビラをさし出した。私は無関心に戻って歩き始めると、駆けるように追ってきて、私の眼前に美しいカラー印刷のビラを突き出した。ビラに映っている写真はポルノグラフィで、幼児向けの性教育に使われているような種類のものだった。

「あなたは宇宙飛行士でしょう。私はとても宇宙飛行士を尊敬しています」

女は早口でいった。すでに女の片手が私の肩にかかり、裸の胸を私の背に押しつけてきている。

「どうしてだい？」

私は仕方なく立ちどまっていった。女は精いっぱいの笑顔を近づけた。

「だって、宇宙飛行士はモラルを持っていますわ。みんなとは違うのよ」

「いや、私が聞きたいのは、どうして尊敬などということができるのかということだ」

「人にはそれぞれ生き方があります。他人の生き方の中には教えられることも多くて、それで」

「尊敬するのか？」

女は私の手を握りしめ、私を抱くように身をすり寄せた。

「ええ、そうです」

私は女を払いのけて歩き始めた。女は再び追ってきた。

「あなたは宇宙飛行士でしょう。あなたは人殺しなんかなさらないでしょう。あなたは人間のあるべき姿を知っているはずよ」

「どうだっていい！　私は教会なんかへ行かないよ」

私は大声でいった。

「教会？　あなたは誤解しているわ。私たちは旧来の風習を押しつけたりするのではないのよ。私たちは人間としての本当のあり方を求めているだけなのよ」

「尊敬して、説得して」

「そうよ。そして愛するのよ！」

女も叫んだ。私はふとハイスクールでの事件を思い出した。そういえば、あの時刑事がトシ子を愛していなかったのかといっていた。トシ子は私の恋人だった。恋人――とは何だったのだろう。一つの風習として、ハイティーンは男女のコンビを組んで恋人と名乗る。それだけ？

私は立ちどまった。

「愛するって？」

私はいった。

女は私を浜辺に連れて行き、人気のない岩陰に誘い込んだ。そして再び私の肩に手をかけて、胸を押しつけながら私の衣服をまさぐった。やがて顔面を接近させると、口を半開きにして私の口に合わせた。私はすぐに身をさけて岩の上に飛び上がった。

「どうしたの？　愛し合うのじゃないの？」

女はいった。私は岩から降りた。

「服を脱ぐのよ」

女はいった。私は裸になり、女も水着をとった。そして女は私を砂の上に押し倒した。

次に女は私の全身をなでまわし、やがて局部をつかんだ。私は全身に走る悪寒に耐え切れず、女を突き放してしまった。

「だめよ！」

女は叫んだ。

「どうしてこんな気持の悪いことをするんだ」

私はいった。

「気持悪くないわ。誰でも生殖本能があるのよ！」

女はやや気落ちしたように砂の上に坐り込んでいった。確かに女はそれを気持悪く感じていないようである。そして私も小学校時代には女がいったことを真実として教えられている。だが、本当に？

「慣れないからよ。今日はここまでにしておきましょう。明日また会ってくれるわね」

女はいった。私は首を振った。そして立ち上がり波に向かって走った。

「私も泳ぐわ」

女はいって追いかけてきた。波が荒々しく私の全身にたたきつけられてきた。塩分の辛さが先程の悪寒を洗い流してくれるようだった。私は沖へ沖へと波に向かって泳ぎ進んだ。女は追ってきた。私とスピードは異っていたが浜辺が見えなくなるまで、ゆっくり着実についてくる。そして、急に女の悲鳴が聞えた。

およそ五十メートル離れて女のたてる白波がうねりの間にうかがえた。私はその方向に泳いだ。女は両手で海面をたたきながら、波に飲まれていった。私は泳ぎをとめて、それを眺めていた。女はもう一度海面に現われて叫んだ。

「助けて！　足が、足が！」

そしてもう一度海面から消えていった。とても快い風景であった。太陽は西に傾きかけており、海に白く反射している。強い人間が先に死ぬべきだと将軍はいっていた。そして女は確かに強い人間だった。

生贄のおかげか、急速に波が静まり、私はゆっくり浜辺に向かって泳いで帰った。

一ヶ月ののち、私は火星へ向かうよう辞令を受けた。火星南極基地に約半年間滞在し、基地の管理業務を行なうことになる。

急に多忙となり、雑務に追われた一週間ののち乗客として宇宙船に乗り込んだ。今度は宇宙に飛び出しても大きな感動を得ることもなく、引力圏を離れるとすぐに宇宙ステーションでの用件の準備を始め、宇宙ステーションのホテルに着くとすぐに火星での到着時の用件の準備にかかった。宇宙ステーションでは何人もの学者や軍人と会い、充分に眠る間もなく火星便に乗り込み、貨物の管理、室内諸設備の点検などの仕事に追われた。

ようやく長い旅の退屈を感じはじめた頃、地球は単に太陽に次いで大きな光を放つ星でしかなくなっており、三番目に明かるい星である火星が鮮明な光を放って二番日の座を狙っていた。

宇宙空間には数々の星々が冷い光を私に向けている。それは死のシャワーのように快く、地球という有機性の世界での汚れを取り除いてくれた。

火星は更に満足できる冷い世界だった。濃い紫色の空に太陽がギラギラ光り、灰色の砂が無限の停止をとどめている。その光景の中に降り立った時、私はあの密室での時間喪失ゲームを思い出していた。

基地は地下にあり、プラスチック壁のコアが幾つも連っている。メインホールの巨大なプラスチックドームは透明で、照明を消すとプラネタリウムのように星空が浮き上がる。そこでの私の仕事は基地全体の管理で、いわば基地の村長と雑用係を兼ねたようなものである。基地の全人口は二十七人で、学術調査グループと政治的意図で集った各国の代表員とに分かれている。学術調査グループの首長はライヒ博士で、本名はローゼンバーグといったが、自ずからヴィルヘルム・ライヒの生まれ変わりと主張し、ライヒ名で通していた。むろんオルゴン・エネルギーの研究者である。私は各国代表員の顔を常にたてながら、ライヒ博士の仕事を事実上最優先して手助けしなければならない。

私はまず、各国代表員と会見した。代表員は兼任を含めて十二ヶ国、九人である。そして九人の内六人は火星開発の利権と納付金の問題を長々と話した。残る三人、EEC、東欧共同連盟、インドの代表員は現実的なことを何も話さず、むしろこうした火星開発というようなことがいかに無意味であるか論じた。

私自身は意見を述べる立場ではなく、また彼等の議論に参加したいとも思わないが、どちらかといえば火星開発を無意味とする三人に共感を覚える。ただ、火星開発は無意味でも、こうして火星に人間がやってくることは良いことだと思った。ともかく地球の人々と宇宙の人々とは全く異った生物のように思える。地球では人々はニヒリズムに陥っているが、宇宙の人々は何かを黙々と行なっている。そういう種類の人間ばかりが宇宙へ出てきているのだろうが、同時に行為そのものの意味も異っているように思えるのだ。宇宙はまるで二十世紀の延長のようであった。

ライヒ博士の助手で事実上私との連絡役を務めるサトコ教授にそう話すと、彼は研究室に私を案内しながら頷いた。部屋いっぱいに並んだサンプルケースに特殊光線があてられて、血のように赤く光っている。

「宇宙には人間の生命感を奪ってしまう冷い空間がある。そこでは誰もが生命存在の重荷に苦しむ必要もない。だからのびのびと仕事ができるのだ」

教授はサンプルの一つに投写機をあてた。赤い光が客内中央の黒いスクリーンに拡がり、スクリーンの中に活発に動きまわる細菌があらわれた。

「驚くべきことに、この細菌は今でも進化し続けている」

そういいながら投写機を操作して、菌の群れの中から連鎖状につながってよじれているものを捜し出した。

「ここではまだオルゴン・エネルギーがこれだけの力を発揮しているのです」

サトコ教授は彼に講義をするようにいって、スイッチを切り映像を消した。

「では、地球と地球外とではエネルギーの活力が異っているのですか？」

「いや、エネルギーの減少はこの銀河系全域にわたるものです。明らかにこれは銀河宇宙の熱死によるものです。ただ、生命の密度との相対的な関係でここではエネルギーの集中度が高いのです。少くとも地球に較べれば宇宙空間にはオルゴン・エネルギーが充ちています。それがライヒ博士をここへ呼んだ理由でもあるのです」

私にもそういった背景はわかっていた。ヴィルヘルム・ライヒと同じく、当時はローゼンバーグ博士を名乗っていたライヒ博士が、オルゴン・エネルギーの実在を証明した時、ソ連やアメリカの学者はそれをオルゴン・エネルギーと呼ぼうとはしなかった。しかし、ローゼンバーグ博士は、このエネルギーを発見したライヒの命名通り、オルゴンと呼び、自分自身もライヒと名を変えたのである。それ以後ライヒ博士はこの全宇宙的な大変異の権威として活躍し、現在もこの博士の新しい予言を多くの人々が待ち望んでいる。果して宇宙は熱死したのか？　或いはしようとしているのか？　それとも、これは単に一時的なオルゴン・エネルギーの過疎現象なのか？

私は火星へきて、初めて地球で起こっていることに気付いたように思う。確かに、地球上の生物は死滅世代に入ったのだ。

ライヒ博士はコンピュータールームの暗室照明の薄い光の中にいた。白髪が赤く光り、くぼんだ眼孔は虚無的な闇をたたえている。

「よくおいでになった」

博士はいった。握手をした手は、奇妙に筋肉質で力強い。

「地球はいかがです？」

「各地で動乱と犯罪が激化しています」

「そういう現象をどうお考えですかな」

博士は歩き始め、奥のドアを開いた。ドアの外のカーテンを出ると明るい光が、まるで太陽光線のように照りつける。

「私には、よくわかりません。少くとも抵抗を感じることはできないのです」

博士は上衣を脱ぎ、ソファに腰を降ろした。小柄の身体つきで、肩巾のある若々しさを感じさせる人物であった。ソファから見上げるように眼を上げると、ユダヤ人らしい奇妙な疑問符を空中に浮き上がらせる。

「正直ですな。それが本当でしょう。地球の生産力が急速に落ちているので人口が減らなければ困る」

「しかし、希望も失われていきます」

「ほう」

博士はいった。私はゆっくり博士の対面に坐った。

「失うような希望が、かつて本当にありましたかな？」

「しかし、博士は人間の性行為を礼賛されたはずです」

「その通り、私はそのオルゴン・エネルギーを希望とした。今、国連や世界各国の求めているものも、その解答だろう」

博士はいいながら私の国連軍の制服を眺めまわした。

「ええ、私の仕事がそれを先生から引き出すことです」

「君個人としてはどうかね」

「私自身のことはわかりません。ただ博士から解答を得たいと思っています」

「確かに宇宙の熱死は証明されていない。まだ銀河系の最も外部の星々は中心部から離れ続けている。だが、それは数万年前に発せられた光の観測によるものだ。しかも銀河系拡大のスピードが落ちていることも確かだ。或いは今はもう縮小が始まっているかも知れないし、中心部では回転が逆になっているかも知れない。それにオルゴン・エネルギーが過疎化する理由は他にみつからない。だからあなたのために希望的な解答を与え得る条件は全くない」

博士はそういって眼を伏せた。

「わかりました」

私はいった。

「しかし、できればいつかそれをみつけ出していただきたいものです。本部がそれを待っていることは間違いありません」

博士は眼を上げて、口許で笑った。

「やがて、待たなくなるよ。我々がここにいることすら忘れてしまうだろう」


博士の予言は正しかった。

私が着任してから一週間後に、東欧共同連盟が崩壊して代表員が地球へ戻っていった。次にアメリカ合衆国政府が消滅し、丁度火星の赤道地区のウラニウム鉱の国際利用について話し合っていた代表員は立ち上がって発言した。

「合衆国は壊滅しました。私は元合衆国の一員として、アポロ、マリーナに始まるアメリカの諸権利を主張してきましたが、これは私自身の本意ではありません。私はこうなることを予感していましたし、むしろこうなることを願っていました。私は許されるなら、この火星にいつまでも居住したいと思います」

基地には充分の物質があり、アメリカ代表を養うことはできた。そしてアメリカ代表の亡命は許可された。会議は更に続いたが、すでに誰も火星開発を口にしなくなっていた。遂に地球社会全域の崩壊は疑いないものとなってしまったのである。

日本やＥＥＣからの通信は入らなくなり、国連との連絡さえ30％程度しか通じなかった。定期便はやってこなくなり、遂に地球の全機構が機能を失ってしまった。

私はサトコ教授と共に火星第三基地までの旅行に出た。特別の用事があるわけではなく、ただ一時の慰めのための観光旅行であった。夜の暗闇から紫色の空の下の昼間部に出ると灰色のクレイター群が一面に開けた。北方には白熱した太陽が輝き、クレイターの峰に僅かな砂塵がたち昇る。そうした透明な世界は私の心に安らぎを与え、生きていることの意味を再認識させてくれる。

「宇宙ではオルゴン・エネルギーが余っているとあなたはいったが、私には宇宙の中でも死が魅力的なものに思える。むしろこの死の風景が我々を死滅志向から救っているように思えるのです」

私がいうと、サトコ教授はハンドルを握りしめたまま頷いた。

「確かにそういった一面もあるようです。地球上でも死に接して生きていると自殺への誘惑から逃がれることができる」

私は宇宙飛行士として受けた訓練の快感を思い出した。あのマゾヒスティックな気持もやはり死に接近している時のものだったのだろう。

「ではマゾヒズムが人間をまだまだ生かし続けるかも知れない」

「そうです。おそらく黒ミサがこの死滅世代の宗教なら、マゾヒズムがこの世代のモラルとなるでしょう」

「そして政治は戦争と交代する」

「もう代っている。そうした状況が人間を絶滅させずに更に数万年間残すだろう。今急速に崩壊しつつある近代文明ののちに、長い中世と更に長い古代がやってくるはずだ」

「それだけのオルゴン・エネルギーは地球に蓄積されているのですね」

「そう」

サトコ教授は頷いて笑った。彼はこうした世界をあるがままに受け入れている様子である。観測車は地上三メートルを時速二百キロで飛んでいた。観測車の噴射によって細かい砂が二メートルの高さまで舞い上がる。後方には大蛇のような砂塵の雲が連っていた。

「サトコ教授。あなたはこれからどうなさるつもりですか？」

「私はライヒ博士とともにいつまでも火星に残るつもりです」

サトコ教授はいい切った。

「ライヒ博士自身は迷っておられるようですが」

「確かに迷っているようです。だが、地球へ帰ることが何の解決にもならないことも充分わかっています」

「火星で研究を続けても、その成果を地球へ持ち帰ることはできないし、もし持ち帰ることができても何の役にも立たないでしょう」

私はいった。サトコ博士はもう一度笑って私をみた。

「その通りです」

彼はいった。

やがて第三基地と南極基地の中間点にあたる送信塔が地平線に現れ、たちまちそこに接近した。灰色のクレイター丘陵の頂きに、それだけが色を持っているように赤と白の鮮明な光を反射している。私達は送信塔に接近し、塔の下部の計器を調べて再び出発した。そして火星での半日後にようやく第三基地に着いた。

第三基地の人口は十二人。全員が各国の軍人で、純粋な宇宙航空基地として活動している。私達の到着は歓迎されず、形式的な挨拶が済むとみんな私達から離れて自室へ戻ってしまった。それでも国連軍のカーン中佐だけは電話で食事にさそってくれた。

食堂に入るともてなし用の食事が用意されており、カーン中佐は口許だけに笑いを作って席へ案内した。

「何かあったのですか?」

サトコ教授は坐るとすぐに尋ねた。カーン中佐はシャンパンを注ぎながら首を振った。

「もう、ずっとこんな状態です」

「自閉症に陥っているようですが」

サトコ教授は科学者らしく無神経に質問する。

「自閉症?」

中佐はさすがに不快感を示した。

「症などではない。我々は完全に閉ざされてるんだ。アメリカの、いや元アメリカのジョーンズ大佐をみたかね。彼は完全に気が狂ってるよ。無理もない。自分の国もなくなり、ここにいる目的が何もないんだからね。みんなそうだ。ここは宇宙開発の前線基地なんだ。

しかしもう後線はないんだ。我々はいまここで何をしているのかね？」

サトコ教授もさすがに口を閉ざしてしまった。そして私達は味気なく食事を終えた。食後のコーヒーを飲みながらカーン中佐はいった。

「できるだけ早く南極基地へ戻った方がいい。ここの連中は君達を殺すかも知れない。特にあなたの楽天性は危険だ」

そういってサトコ教授をみた。

「しかし」

サトコ教授は言葉をつまらせた。

「何ですか？」

カーン中佐が聞くと、質問の許可を得たかのようにようやく続けた。

「しかし、どうしてここにみんな留っているのです？」

中佐は大きくため息をついた。

「私自身も、できれば抜け出したいんだが。裏切者と――」

「裏切者？」

「まあ、そういうところだろうな。つまり、ここにいる十二人は、十二人で一つの虚構を作り上げている。やがて再び地球から活発な通信が入り、火星開発が再開されるだろうという虚構だ。みんなそれを虚構だと知っているのだが、誰もそれを破壊することはできない。君達が歓迎されない理由は、その虚構を壊すかもしれないからだ。そして」

中佐は投げつけるようにコーヒーカップを置き、鋭くサトコ教授をみつめた。中佐の眼には無限の闇の空洞があった。

「そして、この話はこれでおしまいにしたいというのが私の希望だ！」


私達はその一時間後に第三基地を出た。再び砂漠の大蛇を南へ向けて続け、途中で紫色の空を失って計器操縦でどうにか南極基地へ戻ると、第三基地との連絡が断絶してしまったと知らされた。通信室ではインド代表員が第三基地を呼び続けていた。最後に入った通信では、カーン中佐が内密に私達と何事か話し合っていたことが原因でスパイの容疑を受け、裁判が開かれることになっていたそうである。

私とサトコ教授は思わず顔を見合わせた。それは奇妙な当惑の応答であった。だが、それ以上に私達の交わすべき会話もなかったのである。

数分後、第三基地からの通信の代りに地球からのメッセージが到着した。三日後に宇宙船がやってくるそうで、それが最後便となる可能性が強いので全火星在住者は帰還準備を急げとのことである。

私とサトコ教授は、火星に残された人々の行きつくところをみてきただけに、全員に帰還するようすすめてまわった。だが、誰一人として帰還希望者が名乗り出ることはなく、様々ないいのがれをして火星残留を申し出た。やがては私もサトコ教授も説得をあきらめ、彼等の希望の論理性をも求めなくなっていった。この南極基地でも同じような虚構が生まれ始めているのだ。表面的には誰もが以前と変らずに振舞っているが、確かに全員の閉ざされた内面には頑に守り続けようとしている何かが感じられる。むしろ最終便が出発しようとしているのに、以前と変らない振舞いをしていること自体が異常ともいえるのである。

次の日、私はライヒ博士に最後の面会を申し出た。博士は研究室でポルノグラフィ映画を観ており、私が入っても安楽椅子にもたれ込んだまま、じっとスクリーンをみつめて動かなかった。

スクリーンでは両手を縛られた男女が一室に閉じ込められており、窓の外の庭園では多数の裸の男女が性交を行なっていた。

「どうだね？　良き時代の芸術だ。君も観ていきたまえ」

博士は振り返って私を見上げ、皮肉げにいった。私は博士の傍のストゥールに坐った。

「博士は第三基地で起こったことを御存知ですか？」

私がいうと、博士はスクリーンから眼を離さずに答えた。

「私はこれでも精神分析医だよ。例え何が起こったか知らなくとも、何が起こる事になるかはわかっておるよ」

「では、最終便が発った後に、この基地で起こることも予想されておられるのですね？」

「そうだ。だから君に忠告したいことは、あまりみんなに地球へ帰れとすすめない方がよいということだ」

博士はそういいながら半身を私に向け、両足を肘掛けにのせた。

「しかし、私は博士に地球へお帰りになるようすすめにきたのです」

「どうしてかね？」

博士はまた宙空に疑問符をつくりだす視線を向けていた。

「私はそういう指令を受けました。私自身としても、博士には地球で研究を続けていただきたいと思っています」

「まあ、君がどう考えるのも勝手だが、私は地球でも火星でも研究を続ける気持はない。全てが終ったのだ。それを認めねばならんのだ。君もね！」

博士はそういって若々しい腕を振って私を指差した。

「では博士はここで何をなさるのです？」

「こうしてポルノを観たり、酒を飲んだり、というところかな？」

「嘘でしょう」

「嘘？　そうかもしれんな。どのみち今の我我は常に半ば嘘の世界に生きているのだ。私自身科学者として一方で更に研究したいと思い、新しい発見や知識や理念を求め続けながら、一方ではこの時代の人間として、それら全てを忘れたいと思っている。地球のことも忘れたいと思い、火星をも忘れたいと思う。地球が故郷だと考える気持も、火星植民を続けたい気持もないのだ。まあ、適当にみつくろって虚構を作り上げて、そこに生きていく他はないだろう。それで満足するわけでもないが、不満を持つほど満足というものを求めているわけでもない」

博士はそういって嘆息した。そして再びスクリーンをみつめた。

画面では、庭園の乱交を窓から眺めていた密室の男女が、縛られた手でもがきながら、口と足で互いのセックスを求め、ようやく歯で衣類をはぎとり、長い舌を出して舐め始めたところである。

「生き続けたいという気持も、死にたいという気持もなくなった。考えれば損な時代に生まれたものだ。生も死も、ともに人間の重荷なのだから！」

　博士はすでに自分自身に対して語るように呟いていた。スクリーンの鮮かな光が、博士の顔面を照らし続けている。緑の芝生の上で乱交者たちが青空に向けたオルガニズムを放射していた。密室の男女は叫び声をたててそれに加わった。性器の群とオルガニズムは同化していった。私は博士の部屋を出て、メインホールの星空を眺めた。星々の光は弱々しく、私に地球へ戻る準備を促していた。

　次の日には地球からの宇宙船がやってきて周回飛行に入った。私は誰にも会わず、一人で帰還準備を続け、時折通信室へ行って宇宙船と交信した。半日後に着陸船が降下を始め、やがて基地空港に着地した。誰も見送りに出てくることもなく、ただサトコ教授だけが、急に火星に残る決心をしたといいにきた。私はその理由を聞こうともせず、形式的な握手だけをして着陸船に乗り込んだ。みんなが虚構の中で地球への関心を失ってしまっているように、私も別の虚構の中で、ただ地球へ帰らねばならないという意志を保ち続けていた。

三十分後に私は着陸船を操縦して第三基地へ飛んだ。第三基地は数日前と変らなかったが、人影だけが絶えてしまっていた。全員が隠れているのか、それとも死んでしまったのかわからなかったが、十分間待って私は第二基地へ向かった。第二基地では国連軍の管理担当者がやってきて全員の残留を告げた。そして第一基地も、赤道基地も同様だった。私はただ一人だけで着陸船を出発させ、火星の引力圏を出て母船に着いた。母船では三人の楽天的な宇宙飛行士がまるでピクニックを楽しむように宇宙旅行を楽しんでいた。

さすがに私はその連中とともに騒ぎ廻る気持になれず、地球へ戻るまでの操縦を引き受けて気持をまぎらわした。宇宙飛行士たちは私の操縦を喜び、専らマリファナパーティに精を出していた。

地球は想像以上に退廃していたが、人々の怠慢のおかげで静かであった。国連は解散されており、政治機構は崩れていたが、企業や地方行政では活動しているものもあった。国連の残務会社から金を受けとって空港へ行くと、航空会社はないが個人経営で飛行機を飛ばしている者もいるということで、私はホテルに泊まって日本行きの便を待った。

二日後にようやく貨物便に乗ることができて、私は日本へ向かった。

機窓から富士山を眺めながら、私は一瞬ではあるが日本を離れていた長い年月を知ったように思った。だが、東京空港に着くとそれも忘れ、自分がなぜここで飛行機を降り、これから何をしようとしているのかすら考えることができなかった。小さなスーツケースを一つだけ持って、私はタクシーで都心へ向かっていた。道路を走る自動車の数は少く、アスファルトは穴だらけであった。ビルの多くは廃墟となり、ショウウインドが壊されて空洞になった一階の暗闇で数人の老人がたき火をしているのがみえた。殆ど乗客のない山手線が二輛連結で走っていく。

私はどことも知らぬまま、二、三の商店が開けている街中でタクシーを降りた。運転手はとてつもない料金を要求した。

人々は虚無的に歩き廻り、路上には汚物が積み上げられている。間もなく私に近づいてきた二人の男が、私のスーツケースを奪っていった。だが人殺しは減っているようで、死体が転がっている様子もなく、強盗すら暴力的ではなかった。むろん人命の価値が甦ったわけではない。無駄な労力を使おうとしないだけであろう。

私はゆっくり歩き続け、やがて都心部から離れた。家屋には人が住んでいて、ビルのように荒れ果てたものはなかったが、ガラス窓の上に板を打ちつけたり、鋼鉄の扉をとりつけたりして防衛したものが多い。道の半分は畑が作られ、そこで貧しい野菜が育てられていた。

　日が暮れても殆どの家は電灯もない様子で、時たま遠くに小さな光が見えると、その方向へ歩いたが、やがて疲労と空腹で歩き続ける元気を失ってしまった。

　私は眠る場所を求めて高いコンクリートの塀を越えた。そこは学校らしく、星明かりの中にシルエットを浮き上がらせた建物には見覚えがあった。今でもそこが学校として使われているのかどうかわからない。教室から離れて小さな二階建の建物があり、そこは私にとって何か意味深いものであるかのように思えた。おそらく私はここへ来ようと思って歩き続けたのだろう。

　トシ子が殺されたのはそこだ。

だが、果してトシ子とは誰だったのか、それが私自身と何のかかわりを持っていたのかわからない。

　建物の入口も窓も板が打ちつけられていた。私は窓の下のコンクリートに寝ころんだ。夜空に火星が赤く輝いていた。その遠方では確かに銀河系が逆転を始めていた。それともそれは眩暈というべきかもしれない。

都市は滅亡せず

♠

　Nがいなくなってから二十時間過ぎた。私は古雑誌を眺めながらずっとドアの音をうかがっていたが、周囲の静寂は数時間続いていて、窓の下の生物たちまでが、なぜか沈黙している。私は雑誌を投げ出して立ち上がり、手袋を着けて長靴を履いた。戸口には様々な武器が並べてあり、まず銃を肩にかけたのち、少し迷ってから日本刀の鞘を払って手に持った。

　廊下のアルミ壁やプラスチック床のひび割れからは奇妙な形の黒いきのこや羊歯類が伸び出ている。羊歯は白い葉をまるめ、タールのかたまりのようなきのこの間にたれ下っていた。階段ではコンクリートを突き破って生い繁った笹と外壁からまわり込んできた蔦がからみ合って網を張りめぐらせている。日本刀で蔦を切ると、もがくようにつるを巻き上げ、ねじれながら私の足にからみついてきた。それでも私は刀をたたきつけながら階段を降りた。そして、ようやく一階まで降りた時にはすっかり疲れ切ってしまっていた。

ビルの一階の広い空洞には様々な植物が育っていて、正面の大きなガラス窓も密生した樹葉に埋もれている。割れた小窓には白い花の一群が外光に輝いて、床では数十センチの大きな苔が不気味な緑色の燐光を放っている。僅かにNが出ていったと思える小さなくぐり戸だけが外界に向けた白い空間を開いていた。

空は虚無的に薄雲を漂わせている。無数の黒い影が空の一画に狂ったような抽象画を生み、崩れかけたビルと、弱々しく伸び上がった針葉樹が競い合って貧しい近景を形成する。アスファルトにはサボテン状の植物が鋭いトゲを突き立てており、その上には昆虫が群がって、タイルの歩道には数種の雑草が密集していた。

私はNの名を呼んだ。その声に応じて近くのビル陰から蛇が姿を現し、私に向かって這い進んできた。長さは三メートルもあるようだ。銃を使うと更に他の獣が現われるので、刀で身構えながら道路に出て一歩ずつ後ずさりする。蛇は道路中央で私をにらみつけて停止した。私は蛇を刺激しないようそっと歩いてビルを曲がった。路上に捨てられたトラックの窓では小さなとかげが出入りしており、荷台はふきのような植物の巨大な葉に包まれている。遠くの道路には数羽の鳥が降りてきてえさをあさる姿が窺えた。後方でビルのコンクリートがひび割れる巨大な音が響き、トラックの下から一斉にとかげの群が飛び出した。周囲にたちまち野獣の叫び声が拡がり、前方では野犬が飛び出して狂ったように駆け廻る。背後には大きな山猫が走り出ていた。私も走っており、あてもなく銃を発砲しながらビルに逃げ戻った。扉を閉じてからも外の騒乱は拡がる一方で、何かが衝突する鈍い音やガラスの砕ける鋭い響きが野獣の咆哮に加わった。

私は足にからむ蔦に何度か倒されてすり傷をつけながらもどうにか部屋に戻り、刀と銃を投げ出してベッドに寝ころんで一息ついた。

もう外へ出まいと考える。なぜNは出ていったのだろう？　今度に限らず彼は最近になって頻繁に外出していたようだ。外で何をしようとしていたのかわからないが、ここ数か月で彼は随分変ってしまったものだと思う。暑くもないのに裸になり、銃や刀を使わずに弓矢を作って出て行き、獣の屍や奇妙な果実を持って戻ってくる。果実の多くは私には喰えたものではなかったがNは平然と口に入れて果汁で顔を紫色に染めていた。確かにこうした動植物の急増の初期には自然のよみがえりと考えられ、当然その自然の中に人々が同化できるものと信じ込まれていた。だがいつか人々はこの回帰した自然の真の意味を知らされたのである。

十年以上も前である。大都市にねずみや油虫が急増し、家の庭や道路のグリーンベルトで異常に雑草が繁り始めた。この頃には駆虫剤や除草剤がそれなりに役立ったが、間もなく事態は第二段階に進み、保健所の能力限界を越えてねずみや雑草が繁殖するようになっていった。そしてこの時期には生物の種類も増し、鳩や雀、犬や猫、更に都会には住まないはずのもぐらやりすまでが街中に登場し、植物も草レベルから樹木レベルに移っていて、多くは草と同じく急速に成長した。土のあるところは全て植物に被われ、その密林を小動物が走り廻り、昆虫や鳥が飛び、爬虫類がはい廻る。小住宅の床下はきのこや苔が拡がり、窓からはつる草が侵入する。そしてビルの中にはねずみやいたちが住みつき、工場では野犬が歩き廻った。

おそらくこの時代が最も自然を感じさせた時期であったといえるだろう。人々は楽天的に回帰した自然を歓迎し、様々な公害をのり越えて繁栄し始めたこれら生物群の生命力を賞讃したのである。

だがこの僅か一年後には大部分の人々がこれらの動植物によって追放された。接足動物や爬虫類には猛毒を持ったものが多く、雑草のある種のものは人々の血液に強烈なアレルギー反応を引き起した。それだけではなく、植物群の中には伝染病を生む細菌も加わっていた。動物にも植物にも次々と新種が登場し、それらの大部分は人間と人間文明に対して攻撃的であった。植物は全ての道路を通行不能にし、電線やガス管をも切断した。強力なつるを伸ばしてビルを崩す植物やプラスチックを喰う細菌。それらが完全に都市を破壊し、人々を次々殺し始める。かくして都市は完全に死滅していったのである。奇妙なことにこの動植物の急増は都市に集中しており、田舎では僅かな影響を受けただけだった。田舎には動植物の許容力もあったので都市のように完全に荒廃することもなかったのである。

十分の一に減った人口の大部分は農村や漁村へ疎開していった。私やNも小学生の頃に裏日本の海岸の散村へ移った。だが地方都市でもかなりの被害を受けたところもあり、農村ですら伝染病で全滅した地域もある。私たちの住んでいた村では毒草だけが危険な生物であったが、それでも強いアレルギー反応を与えるそのタンポポ類の茎汁に触れて死亡した人間は十数人いた。

初期には、単純な生命力による繁栄と理解されていたこの動植物の異常発生は、やがてより抽象的にとらえられるようになり、地球を支配した人類に対する自然の報復ともいうべきノアの洪水に似た神の清掃作業と信じる人々も多くなった。事実、本来なら自然環境の中でのみ繁栄するはずの動植物が逆に自然破壊された地域でのみ急増したのである。特に人間に対する攻撃力の強さはかつて人類が創造した全ての兵器を上廻っていた。

疑いのない事実は、地球の生物系に一つの変異が起ったということである。丁度ウイルスから単細胞生命が生まれたり、爬虫類中に温血動物が発生した時のような、かつては進化と呼ばれた一つの展開があったのだろう。ただ、実際のところ人間の知識の中にあった生態学など単にある状態での実際例の寄せ集めでしかない。生物系のバランスというものは必ずしも法則的に成功していたものではなく、常に死滅する生物もあり、異常に繁殖する生物もあって、死滅するものが必ずしも弱いとは限らないし、異常繁殖するものが必ずしも環境に対する適応力を持っているとも限らない。そんな中で人間の好んだ都市に繁栄する生物があって不思議はない。生物には極めてもろい面があり、僅かな環境破壊によって絶滅するものもあれば、極めて苛酷な条件の下で異常増殖する生物もあって一面では驚くべき抵抗力も持っている。それらは全てきまぐれに展開し殆ど理由もなくある種の生物が滅んだり、増殖したりするのだ。従ってこの異常な生物の発生も一つの理由によって簡単に理論化され得るべきものではなかったというべきだろう。

ただ一つ、この変異を進化と呼び得る変化があるとすれば生命サイクルの早さだろう。特に植物の成長力はめざましく、新種の針葉樹は三年で十メートル程度になり、五年も経てば貧弱ながらも大きさだけはビルと競い合うまでになるのである。昆虫の中にはかげろうのように一日で生命を終えるものが多く、哺乳類ですら一か月で老衰するものも珍しくない。

私とNは海岸の村で成人し、ともに両親を失って半ばやけっぱちに都市へ戻ろうと決心した。途中までトラックで走り、あとは二日間も歩いてようやくこの街に入って現在のビルに住みついた。都市では空洞化とともに動植物の数も減っており、不思議に細菌や毒虫も殆どなくなっていた。考えてみれば長時間過密した生物群が共存できるわけはなく、毒を盛った動物も特定の生物に対しては強くとも、毒に免疫のある生物には弱いのが通例である。少くとも人類に攻撃をかけた生物の多くは人間や文明に対する攻撃力のために他の生活力を犠牲にしてあり、そのため人類の滅亡とともに破滅していく運命を背負っていたといえるだろう。また、そうした人類への攻撃者たちの一部が、人間を追って田舎へ進出していくのも当然といえる。私たちは正しかったのだ。今も田舎では有毒生物や細菌に悩まされているが、人のいない都市ではそれが逆に減少していた。

私たちは濾過した雨水とガソリン発電によって快適な都市生活を再開するようになった。むろん今でも都市は危険ではあったが住めないところではない。しかもここはまだ動植物に侵されていない保存食や衣類が山ほどある。Nと私はシャンパンを次々に抜いて乾盃した。「都市は滅亡せず！」と叫んだ。

♥

しかし、ここに住みついてから僅か六か月間でNは変っていった。Nは昨夕からここへ戻ってこない。どうも彼が本気でこの狂った生物系に同化できると考えているとしか思えない。彼にもこの自然がいかなるものか充分わかっているはずなのに——なぜ？

私はここに住み都市生活を続けることが、この狂った自然への挑戦と考えていた。一度人間によって支配された自然が一気に逆襲し、人間を殆ど滅亡寸前にまで追い込んだ。だがまだ人間にも逆転のチャンスがある。私がそれをしようとしているのだ。私の戦いは毎日続いている。この部屋に冷房装置をとりつけたり、発電機をもう一機設置したりする計画もある。むろん、それは生物を刺激するし、実際に生物の一部は音や光や熱に集まってくる。それでも私は戦うつもりだ。毎日室内きのこや羊歯の芽をとり、夜には蛇やとかげの侵入があるためハンモックで眠る。問題は一人になってしまって果して今後はどこまで戦えるかである。

やはり私はNが戻ってきてほしいと思う。今度ばかりは彼の少々のわがままも聞き入れるつもりである。

四時になったので私はラジオのスイッチを入れた。普段は動物たちを刺激しないよう、イヤホーンで聞くのだが、この日はNに聞かせるためボリュームを最高に上げて窓際に置いた。音楽が始まると、たちまち窓の下で獣たちの狂乱の踊りが始まった。窓ガラスが破れ、樹木が折れて倒れる。廊下からは蛇が侵入してきた。だが私はハンモックに昇り、ラジオを聞いていた。放送は近くの山間の個人局からのもので、世界中にこういった放送を送っているマニヤがかなりいて、互いにニュースを交換し合っていた。ニュースによると各地の田舎での有毒生物による死者は更に増加しており、こうした個人放送局すら放送を停止してしまったものが多いそうである。「人類は滅亡しようとしているのです」アマチュア・アナウンサーはいった。
そして、その放送が私の受信した最後の電波となってしまった。

◆

五日後になってもNは戻ってこなかった。私は何度か彼を捜しに出かけ、その度にもう外へは出るまいと思いながらも更に再び捜しに出た。だがそうした苦労の全てが無意味であった。Nの姿を見かけることはなく、彼の足跡すら発見できなかったのである。Nは死んでしまったのだろうか？　今でも毒虫や毒草はあるのでその可能性は充分ある。いずれにしても私に何も告げずに去ったのはそれなりの理由があるはずだ。

一人になって日々の仕事量が増し、少くとも防衛だけで手がいっぱいになり、彼を捜すことも、動植物に対する新しい戦いを挑むこともあきらめざるを得なくなっていた。朝起きてハンモックから降りると、まず蛇やとかげを捜して、みつければ日本刀で殺し、次にきのこを取り去り、室内の清掃をする。そして日によっては屋上の濾過器に積ったゴミを除去したり、発電機のガソリンを追加したり、窓ガラスを補強したりする。私の住居の隣室に貯えた食料の一部も減っており、一度外へ捜しに行かねばならない状態になっている。ただ、このような大仕事は一人では極めて困難なのである。

私は手袋やマスクで武装し、銃と日本刀を持って階段を降りた。曇空の灰色が植物群に映じ、沈黙した樹葉も焦点なくかすんでいる。私の僅かな足音を聞きつけた鳥が草むらから飛び上がり、その音と共に一群の虫が飛び出した。私は静止して銃を構えた。だが大きな動物は現われなかった。再び歩き始め、崩れかけたビルの前を通って大通りの交差点に出る。通りの中央には腐敗した鳥の屍が転っており、その付近に虫が集っている。遠くの公園は完全なジャングルとなって一部の植物を道路まで張り出させていた。

道路を横断したところに食料品店がある。シャッターは閉じており、貧弱な葉の蔦が網となって被っている。私は日本刀を構えて、片手でシャッターを押し上げようとしたが、錆びと蔦の力で容易には動きそうもなかった。こんな時Nがいてくれたらと思うが、もうこれからは全ての作業を一人でしなければならないのだ。銃を置いて、音をたてないように蔦を切り、もう一度両手でシャッターを引いたが、やはり動きそうもない。棒切れを捜してきて石を支点とするてこを使うと、今度は僅かに動いたが、同時にすさまじい音がした。路上で一斉に動物が暴れだし、三十センチぐらいのとかげが私に体当りしてきた。私は片手の刀でたたき落して更にシャッターを動かした。

ようやく二十センチほど上がった時に鈍い音をたててシャッターに突き当ったものは羽根のついた矢であった。私は振り返ってNの名を呼んだ。野犬が吠えながら走ってきたので銃を構えると、更に矢が飛んできた。犬に向けて散弾を発射した時、ビル陰からNが走り出た。

Nは裸の腰に様々な道具を下げて両手で弓を構えていた。散弾を受けてもがく犬に刀の一撃を加えて私は樹の陰に入った。

「どうしたんだ。話してくれ。俺を忘れたのか?」

私は叫んだ。

Nは応じることなく私の横へ更に矢を放ったのち再び走ってビル陰に消えた。私は後を追ったが、Nの走り去る姿が密林の並木の中に一瞬見えただけであった。

次の日からNが私の住居を攻撃するようになった。最初は窓に向けて矢を射ってきたが、効果がないとわかると路上に坐り込んでじっと私を見上げ、私が呼びかけても反応を示すことなく、いつの間にか居なくなってしまった。私はNが発狂したと考えていた。少なくとも彼が本当に自然に同化できるはずなはい。この街の中でどうにか生きていくことはできても、彼は弓や矢で武装していなければならないのである。少くとも彼は自然とは戦い続けているはずなのだ。Nは私に攻撃をかけることで人間文明の何ものかへの怒りを発散させ、困惑した自我を解き放とうとしているのである。これはいわば発作的な分裂症と呼ぶべきだろう。

だが、私は彼の分裂症の中に残された文明人の一面を軽視しすぎていた。ある日、私の部屋が突然停電したので発電機を見にいくと明らかにNの手によって破壊されていたのである。そこには裸で弓矢を使うのではなく、電気工学に関する知識を持ったインテリとしてのNの形跡が残されており、近くにあった修理箱のドライバーを使って外装をはずした後に主軸を折ってあった。それは極めてデリケートな作業ながら、決定的に発電機を使いものにならなくしていた。

私は部屋に戻って銃をとると、再び一階に降りて外へ飛び出した。

「出てこい！」

私は叫びながら走っていた。だが声に応じたのは鳥や獣だけで、ビルの屋上から数羽の鷹が急降下してきた。私は発砲した。弾は当たらなかったが鷹は逃げ出し、代って野犬が向かってきた。私はもう一度散弾を撃ち、命中したかどうかも確かめず一気に大通りまで走った。

風が吹いていた。背の高い針葉樹は大きく傾き、ジャングルは震えていた。枯れた葉が大空に舞い上がり渦を巻いて虚空を彩色する。私は大通りを歩き、先日の食料品店から罐詰を持ち出して住居のビルに戻ってきた。Nを私の側から捜すのはほぼ不可能といえるだろう。

だが、そう考えながら部屋へ戻った時、ドアは開いていてそこにNがいたのである。彼の背後でベッドが燃え始めていた。Nがアルコールを蒔いて火を放ったのだ。私はまず火を消そうとベッドに近づくと、Nがナイフを抜いて私に挑んできた。

「よせ！　俺を殺してもどうにもならない。お前は一時的なジレンマに陥っているだけなんだ！」

私は叫びながらNの腕を押さえつけた。Nはもがいて力いっぱい私を突き、自分もよろけながら燃えているベッドの中に転った。奇妙な叫び声と共に彼は炎に包まれて駈け出していた。そして壁に二度突き当って倒れてしまった。既に火は室内一面に拡がって黒い煙が私を襲ってくる。倒れたNの周囲にも炎が走り、私は夢中で逃げ出していた。階段まできて振り返ると、私の部屋は竜の口のように次々新しい炎を吐き出していたのである。

ビルを出ると、周囲の動物が一斉に走り去っていき、窓の列は順に赤い光を映じていった。

風が吹きつけ、ビルの炎は蔦を伝って拡がった。僅か数分で私の住居のビルは完全に炎に被われて樹木や路上の草までが燃え始めた。私は風上から、この一瞬の破壊を茫然と眺め続けていた。

風下の至る所で新しい炎が生まれていく。高熱で更に強風が吹き寄せ、黒煙を吸い上げて大空に巨大な雲を創造した。そののち雨がやってきて、上昇する灰を洗い流した。私はずっと路上に坐り込んだままだった。

♣

夜になって火が完全に消えてからも私はそこに立ちすくんでいた。何が起ったのか了解できず、何らかの新しい事態をただ待ち続けていた。しかし、既に結末が生まれ、そこから先には何も始まるはずはなかった。少くとも私自身が始める以外には何のプログラムも残されていない。薄い星空に向けて焼けたビルや樹木の影が黒く結末の風景を形作っていた。

夜が明けると、私はビルに入った。階段の羊歯類も乾涸びた黒い炭に変って縮んで転っている。壁にはきのこの残したしみだけが濃厚な油絵のように光っていた。白い灰が舞う室内にNの白骨が数千年前から残された化石のように無機的に横たわっていた。破れた窓からは朝日と微風が流れ込んでくる。Nの白骨はその朝の僅か数十分の間に無限の過去に旅立って風化してしまったかのようである。私はそこでは、結末すら遠い過去のものであったかのような奇妙な時間の隔絶を感じていた。

Nに当惑の別れを告げて再び階段を降り、もう一度外に出た私は、窓を振り返って小さくNの名を呼んだ。昨日までよりも更に確固とした静寂が私に応じただけであった。

そして、私はもう一度その静寂を味わってみた。とかげも鳥も、植物すら私の声に対する反応を失っている。これは奇妙な事実であった。動植物の一部は光や熱を特に好み、火事のような巨大なエネルギーに対してはかなりの遠くからでも集ってくるはずである。ある種の生物は百度近い熱に耐え得るし、熱に対する耐久力のない動物でも、そのエネルギーの周囲には必ず接近してくるものである。それは人間に対する攻撃力として身につけたもので、だからこそそれらの生物は都市を好んだのだ。もし、熱から逃げていったのだとしても、火事が始まれば直ちに大部分の動物が駈けつけるべきである。考えてみれば火事によって動物の殆どが焼けてしまったのも不思議といえた。かつてそれが道路を塞いだ時に火焔放射器で焼き払おうとすると、一部の植物はどうしても燃えず、火が治って後にすぐ固い表皮の下から新芽を出してきたものだ。何かが再び変ろうとしている。——私は火事跡を背に、まだ緑を繁栄させている一帯に向かって歩き始めた。大通りに出ると、風に枝葉をなびかせる樹木の下に数匹のとかげの屍が転っていた。動物の死体が放置されているのも珍らしいことで、それらはたちまち犬や猫の食糧となるはずのものであった。過密した生物系では常に食物が不足しており、食物の不足によって死ぬ生物がそれを補充していったのである。

私はこの街に住んで以来初めて公園付近まで歩いた。そこも表面的には膨大な植物群に包まれていながら、内部の密度には欠けていた。アスファルトに突き出たサボテンを蹴るとそれは簡単に転って、既に枯れてしまっていることがわかった。

私は不在のNに向かって叫んだ。

「みろ！　おれたちは勝ったんだ。動物どもは死んでしまった。植物どもも枯れてしまったんだ。全てが一時的なものだったんだ！」

私は更に歩き続けた。街を出て人々のいる田舎へ行き、この都市での新事態を告げようと考えていた。みんな街に戻ってくるだろう。そして都市は再び生まれ変るだろう。

「都市は滅亡せず！」

私はNと交わしたこの言葉を口の中でくり返していた。どうやら私の住んでいた付近だけが動植物の特に過密した地帯であったようだ。おそらくそれも、動植物の私たちへの最後の挑戦だったのだろう。遠くへ行くほど枯れた植物が目立つようになり、路上には乾いた草が絨氈のように地面に押しつけられている。巨大な樹木がビルに倒れかかり、路地には野犬が数匹重なり合って死んでいた。グリーンベルトには様々な植物の混った奇妙な小山が形成され、その上に鳥の屍が転っている。数本の樹木にのしかかられて倒れかけている電柱、窓から汚物のように枯草をたらしているビル。そして時たま元気なく飛んでいく鳥が一羽大空を横切っていった。

太陽はかつてみられなかった強い光を放っている。そして風もようやく解放されたかのようにビルの間を快く抜けていく。その風に吹かれて舞い散る枯葉の群は死滅した都市が何者かに呼びかける烽火のようだった。

住宅地にかかると低い家屋を被う枯れ木と僅かに残っている緑が巨大な鳥の巣のように

丘を形成し、路上には無数の虫の残骸が散っていた。家の庭に汚れた国旗が掲げられ、ぼろぼろに破れて半分だけになって風になびいている。

Nは果してこの変化を知っていたのだろうか？　かなり遠くまで出ていっていたと思えるだけに知っていたと考えるのが妥当である。むしろこの環境の変化が彼をも変えてしまったのではないだろうか。だが、なぜ？

♠

私は食糧品店をみつけて侵入し、罐詰類を持ち出して枯草の上に坐った。枯草は太陽熱を吸収して暖かく、昨夜から何も喰べていなかったので罐詰のカレーライスはとてもうまかった。ともかくNの不幸な結末ののちに、新しい物語の始まりがあると思いながら、私は枯草の上に寝ころんで、昨夜の不眠をとり戻すことにした。

夢の風景はこうした私の気分にふさわしいもので、そこには幼い頃の、異変の前の街の広大なパノラマが開けていた。幾何学的な直線で結ばれた道路とビル。自動車が走り、鉄道が通過する。地平線に向けてどこまでも直線が続き、ビルの光り輝やく窓が並んでいる。

直線の遠近法は街路樹や田畑にも与えられ、全てがこの統合された世界に協力しているかのようであった。地平線の彼方には何かが奇妙な光を放っていた。最初は太陽かと思ったが、どうもそうではなさそうで、光の中に、ある暗示がこめられていることがわかる。Nはそれをみて駈け出した。まっすぐ光に向けて走っていく。私はNを呼んだ。そして、その叫び声で眼を覚ました。

既に夕陽が家屋の屋根にかかり、風は更に強くなって空一面に枯れ葉を降らせていた。

「生きてたのね」

いきなり横から声が聞こえ、みると道路にジープを停めた若い女が私をみつめていた。私はもう一度目をこすって眺め、女の長い髪と青いジーンズを確めた。

「死んでいるのかと思ったわ」

女はそういって近寄ってきた。

「田舎からきたのかい？」

私は立ち上がって枯草を払いながらいった。女の視線は神経質に私の顔に突きつけられており、口元には笑いがなかった。

「一人だけかい？」

私は重ねて尋ねた。女は立停まり、用心深く両腕を宙に漂わせたまま口を開いた。

「そうよ。田舎にももう人はいないわ。完全に動物や植物たちが人間を殺戮し終えたのよ」

私が女の方に歩き出すと、彼女は後退した。

「しかし、どこもかもというわけではないだろう。街から遠く離れた所ではまだ人がいるかもしれない」

私は立停った。彼女も後退を停止し、丁度五メートルの間隔を置いて向かい合った。

「そうかもしれないわ。でも、同じことよ。やがてはどこにもいなくなるわ」

「どうしてだい？　ごらんの通り、動物も植物も死んでいくんだ。もう一度人間の時代がやってくる。今はただの戦後でしかないんだ」

私がいうと、女は急に振り返って駈け出し、ジープに戻って銃を取った。

「動かないで。あなたは気違いよ！」

私はゆっくり両手を上げた。

「どうしたんだ。変なことをいったかい？」

「わからないの？　何もかも死んでいくのよ。もちろん人間も同じことなのよ」

彼女は銃を私に向けたままいった。

「ちがう！　動植物は人間に挑んできたんだ」

「その通りよ。地球上の生物体系が終末を迎えて、最後の活動をしたわけなの。そして今は全てが終ろうとしているのよ」

「ちがう。生物の生態なんてもっと気まぐれなものなんだ。種族が増大し始めると、それだけ食糧も多くなり、過当競争で生命力も強くなる。それがあの異変の原因なんだ。一度増加し始めると完全な飽和状態までふくれ上がっていったんだ。そして今は飽和状態が過ぎて急速に減少し始めただけだ。全ての生物の闘争力が失われ、退化していったんだ。だが、これでも生き残る生物はいるはずだ。私たちもそうだ。私たちは、今から……」

「それ以上いったら殺すわ！」

　女は大声で叫んだ。

「やはりあなたは気違いよ。もう一度人間の不幸をくり返そうっていうのね。あなたには感性がないの？　あなたはこの終末を知ることができないの？　全てが滅んでいく中で、なぜあなたは生きたいと思うの？　近寄らないで。あなたに声をかけたのが間違いだったわ」

　女はジープのエンジンをかけた。

「待ってくれ、もっと話し合おう。ぼくには様々な計画があるんだ」

私は叫んだ。だが、ジープは走り始めていた。私は何度も何度も女を呼んだ。

ジープがみえなくなると、私はもう一度枯草の上に坐った。Nと同じだ。女もNと同じような幻影にとりつかれているのだ。この動植物の死を全ての終末と考えている。なぜなのだ？　なぜそう考えなければならないというのだ。私たちは僅かな生残りなのに！

私がもう一度立ち上がった時、女の去った方向から再びジープの音が近付いてきた。女は戻ってきた。やはり考え方を変えたのだろう。私は大声で呼びながら手を振った。

ジープはスピードをゆるめることなく接近し、私の近くで急停車した。私が走り寄ろうとする間もなく、女は銃を構えた。

「あなたは、こうしなければ死ねないのよ！」

女は叫んでいた。銃からは白い煙が吹き出て、私の胸に熱いものを感じた。そして銃声が死滅した街に轟音となって響き渡った。その音でどこかのビルが崩れ始めていた。

自殺の翌日

「なぜあなたは自殺したのかね？」

「自殺なんかしていません。ごらんのように生きています」

「では昨夜このビルから飛び降りたのはあなたではないのかね」

「もちろんです。私は飛び降りていません」

「だが自殺死体があなたのものであることは、肉体的特徴と数人の証言によって証明されている」

「でも自殺した人間がこうして生きているはずはないでしょう」

「その通り、だから問題なのだ。最初はあなたを偽物かと考えたが、そうではないことも証明されている。むしろあなたは自分というものについて、何か考えちがいをしているのではないかね」

「でも、私がこうして生きている以上、自殺者を私ではないと考えるべきでしょう」

「むろん考えたよ。だが自殺者があなただという証拠はいくらでもあって、全く疑いようのないことなのだ。むしろあなたの現在を疑ったほうがつじつまが合う。どうかね。もう一度ゆっくり自分の存在について考え直してみる気はないかね？」

数学SF　夢は全くひらかない

市がたつというので一番にやってきたのだが、位置を間違えたのか、いんちき情報にひっかかったのか遠い地のことで判らないが、いちに私の早合点があったようだ。いちいち捜してもいられない知人もいない血のつながった人間ももちろんだ。荷はどうにも重く、にこにこ笑ってもおれず、逃げだしてきただけに似顔絵などで人相がわれているやも知れず、日本中に身のおきどころのないおれには臭いすら気ずかわねばならないのだ。惨々な目にあうのはもう三度目なので誰かさんなどにはかかわらず、三下ともつきあわず、さんすけや山椒売りをしながら退散時だけを見計らって、ゆっくり散歩もできない生活に参加してきたのだが、もう死などは怖いとも思わないが、しちめんどうなことはしたくなし、知ることすらさけて忍んでしくしく泣いて生きていくしか能はない。今となってはごろついていた年頃は午後堂々とごきげんになって歩き廻り、ごたくをならべたもんだが、ろくでもない人生だ。ろくろく生き方などというものを考えることはなしに、ロックなどを聞いて、心のドアのロックも忘れ、ついでに人生語録も失ったが、そんなものをトロク考えてきたため釧路くんだりまで流れてくるはめになったのだ。質屋通いをしていた頃はましちゅうもんだ、ナワバリの失地恢復のいいだすと、しちめんどうな手続きののち、結局はやり合ってどんどんぱちぱち、ばかもんばかりがはち合わせ、鉢巻まいて、八幡様におまいりしても、蜂の巣つついたようないちかばちか勝負にゃ同じこと、結局四苦八苦で生きのびたものの苦労をねぎらってくれるものなどない。喰うや喰わずで靴のすり切れるまで逃げてとうとう北海道。はるばるきたぜ釧路へなどとイキがってもいられない。いい時代は遠い昔、トウのたった身体じゃ出直しもできない。当分この商売続けなきゃ暮せないのが当世ってものさ。街じゅう市のたつところを捜し廻って、ようやく獣医近くってのを聞き、十二時にやってきたが、はて、しじゅう荷を背負っているだけに今日中さんざん捜し歩くこともできず、苦汁始終なめ続け。十五、十六、十七とおれの過去は暗かったが、今じゃ暗かろうが明るかろうがどうたっていい、せめて市のたつ場所だけでも誰か教えてくれないものだろうか。

“話の特集”の「ピース・ホープ・ハイライト・セブンスター・いこい」に続いて懸賞小説第二弾

◎この作品の総和を求めよ！

丘の上の白い大きな家

「ねえ、大統領ってなに？」子供が尋ねた。

「大統領かね」父親はいって、言葉をつまらせた。

「偉い人なのよ」母親が横からいった。

「どうして偉いの？」子供はいった。

「とても重要な仕事をしているからよ」

　母親はいう。

「どういうお仕事？」子供は尋ねた。

「政治さ」父親はいった。

「政治って？」

「みんなが楽しく生活できるような社会を作るために、いろんなことをしているんだ」

「いろんなこと?」

「つまり、宇宙を開発して資源を豊かにしたり、空気が汚れないために工場を街から離れたところに移したりするんだ」

「じゃ、宇宙飛行士とかトラックの運転手と同じ?」

「そうじゃない。そういうことをするように命令するんだ」

「命令くらいぼくにもできるよ。ぼくロボットにいつも命令しているもん」

「命令するだけではない。つまり……」

父親は再び言葉をつまらせた。

「つまり、どういう風に宇宙開発をするかってことを決めるのでしょう」

母親が助け舟を出した。

「そうだ、……いや、決めるのは電子頭脳だ。様々な調査結果をもとに、いかなる方法で宇宙を開発するかという判断を下すのは電子頭脳の仕事だ」

「じゃ、その電子頭脳を動かすのが大統領なの?」

「いや、それは技師の仕事だ」

「それなら、やっぱり命令するだけ？」

子供はいった。

今度はしばらく父親も母親も喋らなかった。

「そうね……」

母親は考えあぐんだすえ、いった。

「こういうのはどう？　宇宙開発か工場移転かどちらを先にするか決めるというのは？」

「いや、それも電子頭脳が世論調査をもとに決めるのだ」父親はいった。

「すると、大統領は何するんでしょうね？」

母親も父親に尋ねた。

「うん、電子頭脳が今ほど発達していない時代にはうんと仕事があったんだがね。それにむかしは戦争もあったから……」

「戦争をするのは大統領だったの？」

子供は再び別の質問を出した。

「いや、戦争をするのは兵隊だ。戦争をするよう命令を出すのが大統領だったんだ」

「でも戦争は悪いことだろう？　大統領は悪いことを命令するの？」

「その当時には必ずしも悪いことと思われてなかったし、仕方ない事情もあったんだ」

「だけど、今から考えれば間違ったことだったのだろう？　大統領ってちっともえらくないや」

子供はいった。

「いや、やっぱり偉い人なんだ」

父親はいった。

「そうですよ、大統領は一番偉い人なんですよ」母親もいった。

「どうして？　ねえ、どうしてなの？」


次の日、父親は子供を連れて外出した。

エアトレインでDシティへ向かい、Dシティステーションから地下鉄でDシティ特別地区へ入った。特別地区丘陵のエスカレーターを昇って公園に出ると、その正面に立派な白い大きな家がみえる。ギリシア風の石柱に支えられた大きな屋根、入口には急な石段が美しい傾斜をつくっており、その前には長い年月に大きく育った樹木が生い繁っている。

「さあ、よくごらん。これが大統領の家だよ」父親はいった。

子供は、その堂々たるたたずまいに、思わず感嘆の声を発した。「これが家なの!」

白い大きい家は子供の〝家〟という概念を大きく変えた。子供にとって〝家〟とは自分たちの住居のことであり、それは高いコンクリートのビルの一室であった。小さな部屋が一つあれば、そこが寝室にも食堂にも簡単に変わるこの時代では、家とは数種類のモデルしかない合理的な小さな空間でしかなかったのである。多くの人口をかかえた都市で、それ以上の家を持つことは不可能であり、こうした家がギッシリつまったビルが、これまたギッシリつまっているのが都市であった。

「昔はこんな家がたくさんあって、いろんな人が住んだり、仕事に使ったりしていたんだ。しかし、今ではこの大統領の家だけが残っていて、ここに大統領が住んでいるんだ」

父親はいった。

子供は長い時間、その白い大きな家にみとれていた。「やっぱり大統領って偉い人なんだね」

子供はいった。

「そう思うかい?」

「うん。だって、ぼくも大統領になりたいと思うもん」

白い大きな家の中では大統領が書斎から食堂まで歩いてきたところである。

「ああ、古い家は不便だな。毎日どれだけ歩かなければならないというのだろう。早くこんなものを取り壊して合理的なビルを建てよう」

グッドモーニング！

どうしたわけか陽が昇ると同時に眼が覚めた。気持ちのいい朝だ。窓の外にみえる空は雪のように白く、東の街並みから巨大な赤い太陽が昇ってくる。太陽の方向から雄鳥が一羽飛んできた。

コケコッコー、コケコッコー。

叫びながら白い空を西へ西へと飛んでいく。

グッドモーニング！

私はいった。

私の声に驚いたのか、道をはさんで向い合ったアパートの窓からトースターが飛び出してきた。空中でトースターからトーストパンが飛び出したので、私は両手を出してそれを受けた。トーストパンにはたっぷり蟻がのっている。蟻たちは忙しくパンの上を歩き廻っていた。私が端からパンをかじると、蟻は残っている端へ逃げていく。しかし、最後の一口で一匹残らず蟻は私の胃の中に入った。アリくいだけにこんなうまいものを食わしておくことはない。

私は手洗へ行き、水洗便器の水で顔を洗い、同じところへ放尿した。放尿したとたん、便器の中で金魚が泳ぎ始めた。これも私はつまみ上げて食べた。

風呂場には昨夜の死体がまだがんばっていた。

グッドモーニング！

私はいった。

死体は胸に出刃包丁を突き立てたまま白い眼を剝いている。

湯かげんはどうかね？

私はいった。

まずまずだな。

死体が答えたので、私も風呂へ入った。

随分冷たいではないか！

しかし、考えてみれば、死体と私とでは体温が違うので、私には冷たくても、死体には適温なのだろう。

私は死体の白い眼を引き抜いて口に入れた。口の中で眼玉はコロコロ転った。

風呂を出ると外に出て、いつものように体操をした。大きく深呼吸して口を開いた時、私の口の中に大きなうさぎが飛び込んできた。

失礼！

うさぎはいった。

グッドモーニング！

私は答えた。しかし、ついでなので、うさぎの頭をかじった。

体操の次は散歩である。例によって、――といっても全く例外的ともいえるのだが、八人乗りボートを十三人でこぎながら、道路の中央を渡ってくる。

ヨーイショ、ヨーイショ、ヨーイショ
かけ声を指揮しているコックスは小人のジャックだった。

グッドモーニング！

私はいった。

小人のジャックはボートから飛び降りて、
そう、良い朝ともいえるだろう。しかし、私は小人のジャックだよ。

といって、急いでボートを追いかけていって飛び乗った。

北の空からはヘリコプターが飛んでくる。

南の空からもヘリコプターが飛んでくる。

二台のヘリコプターは私の頭上で停止して、互いにロープを投げ合うと、渡されたロープをつたって両側から一人ずつの男が中央までやってきて、互いに落しあおうと手や足を引っ張った。やがて一人の手がロープから離れると、もう一つの手で相手にしがみつく、そして二人とも地面に落下した。

グッドモーニング！

私はいった。

小人のジャックが、かなり遠くへ行ったボートから飛び降りて走ってきた。

二人とも死んでいるようだ。

ジャックはいうと、小さな身体の両肩に二人の死体を楽々とかつぎ上げ、再びボートへ走っていった。

私は道路を横断しようとして、車道に飛び出した瞬間、ワナにかかってしまった。プラスチックの人狩りワナだった。
ジ、ジ、ジ、ジ、ジ、ジ
と、ワナはけたたましい音をたてて鳴った。四方の家並みからいっせいに人々が飛び出してきた。人々は口々に大声をたてて私をとりかこんだ。昨日の私はそれらの人々の中にいて遂に一人の男をしとめたのに。

グッドモーニング！

私はいった。

人々はさっそく抽選を始めた。私を引き当てたのは若い娘であった。抽選からはずれた人々は立ち去っていって、娘と小人のジャックと私だけが残った。

こんなもの、お前さんにはいらないだろう。私は小人のジャックだよ。

ジャックはいった。

娘は首を振って、私のワナをはずしてくれた。

あなたは、何をしていたの？

娘はいった。

散歩です。グッドモーニング！

私はいった。

では、散歩をお続けなさい。

娘はいった。

ありがとう。

私はいって娘に接吻した。そして手で乳房をさぐり、肩を押して路上に倒して娘を抱いた。

助けて、助けて！

娘は叫んだ。小人のジャックのボートがまた戻ってきて、ジャックを含む14人が列を作った。そのあとにも次々人々が集ってきて列を作った。私が済むと、小人のジャックが娘の身体に乗りかかっていった。娘は気絶していた。

私は娘のいったとおり、散歩を続けた。

グッドモーニング！

私ではなく、長い杖を持った老人がいった。

火を貸していただけますか？

私がいうと、老人は長い杖を持ち直し、マッチをすって杖の先に火をつけた。私はそれを受けとると、老人の衣服に火をつけた。

グッドモーニング!

私はいった。

老人はしばらく騒いでいたが、やがて倒れてしまった。また小人のジャックが大急ぎで駈けつけてきた。

私は火のついた杖で、近くの家にも火を放った。家の中から猫が走り出てきた。

グッドモーニング!

私はいった。

街並みを抜けると野原に出た。

草むらから何度も魚が飛び上がる。フナ、コイ、ヘビ、ミミズ、フグ、カジキなどである。釣人たちは吹き矢をそれらの魚に向って吹きつける。しかし、どうにも命中しないようだ。ヨーイショ、ヨーイショ、ヨーイショ、小人のジャックたちのボートがやってきた。ボートは野原の中央に停まると、大きな網をうって、釣り人たちを捕えた。釣り人たちは網の中でぐるぐる巻きにされて身動きがつかず、ボートに軽々と引き上げられていく。

グッドモーニング！

私はいった。

小人のジャックはまたボートから飛び降りて、私の近くへやってきた。

しかしね、こんなことをしていていいのかね。きみもなにかしたらどうだい？

小人のジャックはいった。

私はもとの道を戻り、街並みへ出た。先ほどの娘の前にはまだ行列が続いていた。娘はすでに死んでおり、乳房はかみ切られ、股間は赤く崩れていた。

ヘリコプターはどこかへ飛び去っていたが、代わりに巨大なクレーンが天空から下ってきている。クレーンの鉄骨部はみえないので、月からでも降りてきているのかも知れない。長いロープの先には銀色の球が下っている。それはまだ、かなりの上空にあった。

私は球の真下を通りすぎ、タバコ屋で花火タバコを注文した。それをさし出したタバコ屋の女をなぐり倒し、封を切って一本口にくわえた。

パチ、パチャ、パチ、パチャ
花火タバコは面白い光を放った。面白がって子供たちがついてくるので、私は急に振り返り、花火の先を子供たちに向けてやった。子供たちもいっせいに笛や風船を吹いた。

グッドモーニング！

私はいった。

マンホールのフタをあけ、中に入ると子供たちもついてきた。下水道を小人のジャックのボートがやってくる。ジャックは子供たちをみるとボートを停めた。

子供たちは逃げたが、次々ボートにつかまってしまった。私は花火タバコをもう一本吸った。

なかなかやるじゃないか。一人お前さんにくれてやるよ。

小人のジャックはそういって、可愛いい少年を私に手渡した。

私は少年の首にヒモをつけてひきずって歩いた。

下水は下へ下へと流れており、私も水にそって下へ下へと降りた。最後には巨大な瀑布となって地球の奥底へ落ち込んでいる。

私は少年を突き落してみた。少年は水とともに落ちていったが、やがて見えなくなり、何の音も聞こえなかった。

私は下へ降りるのをあきらめ、エレベーターで地上に出た。遠くに銀の球が落下してくるのがみえた。それは地上に接近すると共に速度を増し、地面に当った時には地震を起した。近くの家が崩れ、私のいた地面も二つに割れた。
私は地面の割れ目を飛びながら、銀の球に向って走った。小人のジャックたちのボートも現場に急行した。ジャックたちは付近の死体集めに忙しかったが、私は穴の中央におさまった大きな銀の球を眺めた。

グッドモーニング！

グッドモーニング！

グッドモーニング！

銀の球の中から何度もくり返して呼びかける声があった。しかし銀の球は開かず、そこに静止したままである。
犬が一匹、走ってきて穴へ飛び込むと銀の球に吸い寄せられるように付着した。続いてジャックたちのボートも引き寄せられ、私もまた穴へ飛び込んでいた。

特にどうということもない。銀の球に私はピッタリくっついたまま離れることができないだけだ。

次々銀の球に吸い寄せられてきた。死んだ娘と、その娘の前に列を作っていた人々、野原で釣をしていた人々と魚たち、猫、うさぎ、そして私の家の風呂にいた死体も、死体は半分溶けてしまっている。

いつか、私の周囲にも人や動物が付いて、完全に閉じ込められていた。銀の球はこうして大きくなっていくのだろう。

私の手や足が銀色になり、銀の球と同化していくのが判る。

私は銀の球だ。いま、殆んど地球の全てを吸いとって、地球の倍の大きさになり、太陽を吸い始めている。

グッドモーニング！

私は太陽に呼びかけた。全くよい朝だな。

宇宙を飛んでいる

本は百冊、音楽テープは五十本、映像テープは三十本、食糧はどれだけあるのか不明、タバコ、薬、酒なども今のところ品切れになる様子はない。ただ、資料といえるものは全くない。百冊の本は全て小説や哲学書で、実用書は一冊も加わってなく、要するに私の疑問に答えてくれるものはない。

いったい、いつから私は宇宙を飛んでいるのだろうか？

いったい、なぜ私は宇宙を飛んでいるのだろうか？

いったい、どこへ、私は行こうとしているのだろうか？

私には全くわからない。なぜか私はいま、宇宙を飛んでいる。

日記は、かなり古くからつけている。この宇宙船の時計が正しければ、五年前からである。五年前の最初の日記にはこう書かれてある。

九時に起きる。洗顔、食事ののち、トルストイ「戦争と平和」を読む。昼食、夕食の間にウイスキーを三杯飲んだ。十二時就寝までに半分読み終える。

それ以後一年間、同様の日記が続いている。一年後、つまり四年前に、初めて私の疑問が登場する。それまでは判っていたのだろうか？　もしそうなら、日記に何かを書いていてもいいはずだ。おそらく、それまではそういう疑問を持っていなかったのだろう。なぜ宇宙を飛んでいるかなどと考えなくても、それでよかったのだろう。

日記にはその後何度も疑問が登場し、様々な仮説が書かれている。しかし、仮説にも、およそ三ケ月で行きづまったようだ。そののちは小説を書いている。「平和と戦争」とか「罰と罪」とか、「求める時は失われた」とかいった題名で、全て長い時間をかけて書かれたものだ。

それでも、最近まで、いつかは目的地に着くという期待を持ち続けていたようだ。例のボタンを押したのは、三ケ月前のことだから。

そのボタンは、私の部屋でただ一つの用途不明のものだった。他は電灯のスイッチとか、水道、清掃、温度調整といった実用的なものばかりで、毎日一度は使っていた。しかし、便器の下に、赤く光った小さなボタンが、ここで生活する上で余分なものとして存在していた。長い間、そのボタンを押すことに危険を感じていて、手を触れることがなかったのだが、三ケ月前になって、危険であろうが、どうだろうが押さなければ満足できなくなっていた。そして押した。しかし、何も起らなかった。少くとも私が知る限りでは、全く変化はなかったのだ。或いは自動操縦装置のどこかに影響を与えているのかも知れないが、急にスピードがゆるむ気配もなければ、大きく進路を変えた様子もない。その後、私は何百回となくそのボタンを押している。今も押してみたばかりだ。しかし、やはり何も起らないのだ。

私の記憶にも、地球上での生活の思い出がある。いささか断片的ではあるが、小学時代に海辺で貝をひろったり、野原を走ったりしたことは確かだ。高校生時代にはガールフレンドもいた。こうした私の記憶の断片は、日記に書かれた「求める時は失われた」に登場している。

私は地球上での最後の記憶を捜した。当然、この宇宙船に乗った記憶があってよいはずなのに、宇宙飛行士として訓練を受けた記憶すらない。おそらく、最後の地球上での記憶は、高校時代のガールフレンドと、公園でみじめなセックスをした、あの思い出だろう。なぜか判らないが、私達は抱き合い、その途中でまぶしいライトに照らされたのだ。その後どうなったかは覚えていない。とにかく、私はいま宇宙を飛んでいるのだ。

宇宙船に関する知識は少しばかりある。この宇宙船の外観は一度もみたことがないような気がするのに知っている。気密構造や、自動操縦装置についても私は知っていた。しかし、最も重要なことを私は知らない。この宇宙船が何のために、どこへ向かって飛んでいるのかということだ。

宇宙船に窓はなく、通信装置もない。亜光速船だから当然だろう。自動操縦装置は気密室外にある。そこへ出ることは亜光速飛行中は不可能だ。そして、そこへ出ることができても、装置のプログラミングを読むことはできないだろう。私にはそこまで専門的な知識はない。

私がなぜ宇宙を飛んでいるのかという疑問に対する仮説として、多くの可能性が「平和と戦争」に書かれているが、その中で、いま私が最も信じているのは次のようなものだ。

私は重要な目的のために宇宙を飛んでいる。目的地での用件は、目的地へ着けばすぐに判明するような種類のものだ。しかし、その用件を知っていれば、長い宇宙飛行に精神的に耐えることができない。また、どのぐらい長い旅か知れば、同様に忍耐できないだろう。従って、こうした記憶を消去したのち、私は宇宙に出た。

この仮説を信じるとすれば、私は、あの赤いボタンを押してはならないのだと思う。おそらく、あれは目的地で押すものだろう。しかし、私は押してしまったし、押しても何事も起らなかった。おそらく、目的地へ着くまでは安全装置が働いているのだろう。

私の昨日の日記は次のようなものだ。

十時に起きる。洗顔、食事ののち、ベートーベンのシンフォニー第三から第七までのテープを聞きながら、トルストイ「戦争と平和」を読む。昼食、夕食の間にウイスキーを五杯飲んだ。十一時就寝まで読み続けたが、暗記しているものと寸分異ならず。

今日、私はこれを書いている。私が今後行なう可能性のあることは、この状態に完全に慣れることと、いたたまれず、ハッチをこじあけて自殺することだ。私を送り出した人々を信ずれば、後者への衝動はとり除かれているのかも知れない。しかし、私がこれだけ悩んでいるところをみると、私を送り出した人々にも計算ちがいがあったのではないかと思う。丁度五年前に、私はこういう状態に何の疑問をも持っていなかったように、今も何の疑問も持たずに宇宙を飛んでいるのが正常なのではないだろうか?

私は何とか今の状態に耐えなければならない。やがて目的地へ着くはずだ。そうでなければならないのだ。

「平和と戦争」の中には、こんな仮説も書かれてある。

私は何の目的もなく宇宙を飛んでいる。ただ宇宙を飛んでいるだけであって、原因もなければ結果もない。全てのことが論理的ではなく、でたらめなのである。ただそれだけだ。

私はこの仮説も信じかけている。むしろ、この仮説が一番実感できるのだ。どうして宇宙を飛んでいるのに理由があり、目的がなければならないのだ。なぜ地球を出発した時間など必要なのだ。本当は地球から出発していないのかも知れないし、地球などというものがあるのかどうかも疑問だ。それに、時間というものすら本当にあると実感できない。時間といっても、宇宙船の中の、小さな時計だけが示しているものなのだ。

或いは、私は宇宙など飛んでいないのかも知れない。そんなことは実証されていないのだ。ただ、一つだけ〝信じる〟ことを許されるのなら、やはり、私はいま宇宙を飛んでいるということだけは信じたい。そうでなければ、宇宙船と、宇宙船の中の私の実在すら疑わねばならないからだ。

子供の頃ぼくは狼をみていた

子供の頃ぼくは狼をみていた
子供の頃ぼくは走り去る狼の群を
　みていた　朝日が昇るまで
（ポール・カントナー　&　グレース・スリック）

ぼくが本当の狼について知ったのは、ずっとのちになって、戸川幸夫の小説を読んでからだった。そして日本では狼が絶滅していることを知った。
それでもぼくには狼をみた記憶がある。それも山奥で人目から逃がれておびえながら隠れ住んでいる薄汚れた狼ではない。短い耳を突き立てて、鋭い牙をむきだし、真赤な舌を出して銀色の眸を輝やかせた影のように黒い野獣の群れを、焼け跡の大阪の街中でみたのだ。

今になって考えれば、その狼たちは軽快な日本種ではなく、肥って脚が短かく、堂々とジャンプする西洋種だったようだ。山中を崖から崖へ飛ぶ種族ではなく、群をなして草原を走る荒野の狼だったのである。

終戦直後の大阪の市街は今のように混雑していなかった。阿部野橋の欄干から北西をみれば難波付近の僅かなビルがみえていた。道路を時折市街電車が走り、巨大なゴムタイヤの荷車をひいた馬力や風呂敷に包んだ荷物を積んだ自転車が走って行く。そして空は晴れていた。

そこを狼たちが荒野と見違えても不思議はない。そこを狼たちが走っていっても不思議はなかった。

狼のことはぼくたち子供の間だけでは話題になっていた。数十頭が大和川を渡って矢田の方へ走り込み、森の中へなにかを追っていったとか、茶臼山へ逃げ込んだ親仔連れの狼が進駐軍に囲まれて射ち殺されたとか、或いは大根畑を数頭が駈けていくのをはっきりみたという仲間もいた。いつも話題の中心になっていなければ気のすまないSという少年で、明きらかに口から出まかせばかり言うのだが、彼だけが性に対して関心を持っていたという理由でぼくたちはSを信頼していた。ぼくたちのチンチンはまだ立たなかったし、女の子を可愛いいと思えなかったのに、彼はぼくたちの前で、立派に棒状にした一物を示したことがあった。

「嘘だと思うならみに行こう。真夜中だぜ、いいか！」

Sはいった。それで尻込みする者もいたが数人が彼の挑戦を受けた。そして夜の八時にぼくも家を抜け出した。

待ち合わせた四つ辻の隅に黒い影が三つばかり潜んでいて、ぼくが近づくと「シッ」と合図した。

「なんだ。たったこれだけか」

Sはいった。それでもぼくたち四人はSに連れられて出発した。裏通りを用心深く進んで南海電車のレールに出て、電車が通り過ぎるとぼくたちは枕木の上を走った。

そしてどこを歩いたのか覚えていない。覚えているのは店を閉じたヤミ市のトタン屋根の下を走り抜けて広い焼け野原に出てからだ。おそらく工場の跡だろう、巨大な鋼鉄の支柱が星空に向けて突き立っており、地面には瓦礫が積み上げられていた。そしてそこは奇妙な香りにつつまれていた。どういう臭いだったか思い出せないが、丁度海の香りを初めて知った時のような、不思議な興奮を呼び覚ます香りだった。

ぼくたちは瓦礫の間を飛び、コンクリートの斜面をよじ昇り、鋼鉄の樹林をくぐり抜けてクレーン台かなにかに使われたと思えるコンクリートの高台に出た。

そしてぼくたちは狼を待った。

「いいか、声を出すなよ」

Sはいった。月は出ていて遠景には大阪の街の灯が見渡せたが、足元は完全な暗闇であった。ぼくがSの肩に手を触れると、彼は震えていた。だがぼくは何もいわなかった。

進駐軍のジープがやってきて、ぼくたちから百メートルほど離れたところで、バッテリーランプを照らしてなにかの作業を始め、やがて走り去った。

狼がやってきたのはそののちだった。

市街地の方角から、銀色の眸をまるでジープのヘッドライトのように輝やかせて先頭の巨大な一頭が走ってくると、続いて数頭が並んで走ってくる。焼け跡に入ると、瓦礫の陰に隠れ、再び飛び出してコンクリートの破片を飛び越える。やがてどこかへ走り去ったと思うと再び出現して、また走り廻って消える。それが何度続いただろう。ぼくたちはいつか抱き合って泣いていた。

やがて空が白くなり、広大な焼け野原が光に圧縮されたように狭くなってくると、最後の駆走を終えた狼たちが走り去っていった。その方向には本物の野性の原野が開けていたのである。

そして陽が昇り、原野が消え、泣きながら歩き出したぼくたちを、警官が捕え、夜の間に迷い子を届けていたぼくたちの母親のところへ連れられていった。

走り降り輝やいて走り去る
　狼の群とともに走れ
ぼくたちには山がある
　ぼくたちには今、街がある
巡洋艦よ、二つの異った銀輝の敗残者よ
　狼の群とともに走れ
狼の群とともに走れ
　　　（同、カントナー&スリック）

ぼくは狼を忘れた。少くともそのつじつまの合わない世界を見捨てた。ある時は、それを野犬の群と考え、ある時は野犬すらみなかったと考え、また時には狼をみに行くことさえなかったのだと思った。ぼくはそのことで現実性だけを受け入れてきた。

だが、Sは忘れようとしなかった。

彼は大阪の小さな商社に勤めており、二十年振りに再会した時には、幼い頃には想像もできなかったほど蒼白い顔で、眼を伏せながら弱々しい声で話した。

「みろ、この街のビルや道路があの荒野を閉ざしてしまったんだ。狼たちを閉ざしてしまったんだ」

Sがそういって夜の御堂筋の広告塔や街灯の光を指差した時、ぼくは自分がいかに敗残者としてぬけぬけと生きてきたかを知った。

ぼくたちは焼き鳥を喰い、ビールを飲み、やがて焼酎に飲まれていった。

Sは大声で叫んだ。

「走ろう」

だがぼくたちの足はもつれ、歩道が逆転したようにアスファルトにたたきつけられた。

ぼくが倒れたのは車道の上だった。ブレーキのきしむ音が全身を走り抜け、ハンドルを急にきったため後からきた車に衝突してガラス窓の砕け散る巨大な音が響いた。

群衆が走ってきた。歩道で起き上がったSがぼくの肩を抱き起こした。Sはその時、あの狼たちをみた日のように震えていた。

だが、ぼくたちの周囲に狼はなく、衝突車から転がり出た血だらけの男が銀色に輝やく眸でにらみつけていた。

廃線

Kは一枚の都電地図を持っている。系統別に色分けされ、始発駅と終着駅には番号が付けられているので、ある番号の二つの表記をみつければ、二ヵ所を結ぶ同色の線をたどることによって、その路線のコースがわかるようになっている。

Kの都電地図には鉛筆による線が書き加えられていた。あるところは定規を使ったように一直線に伸びており、あるところは乱雑に色分けされた線からはみ出していた。それは路線の大部分に重っていて、Kが殆んどの路線に乗ったことを示している。Kがこの地図と鉛筆を持って都電を乗りまわしたのは中学生の頃だった。友人たちが高校の受験勉強を始めてしまって、遊び相手がいなくなったので、一人で都電遊びを始めたのだ。学校が終ると、回数券を持って近くの停留所へ行った。そしてそこから都電に乗って二、三度乗り換えて、長い回遊コースをまわって帰ってきた。

　都電遊びがことさら面白かったという記憶はない。窓から平板な家並みを眺めているだけでいつか時間が経ってしまっていたような気がする。都電は車体を左右に振りながら、ゴロゴロと音をたてていつまでも走り続けていた。

　Kは街中を歩きながら、ふと、そこを走っていた都電を思い出すことがある。そして、都電を思い出したとたんに、都電が走っていた頃の周囲の風景を思い出すことがある。都電の専用路から、都電の専用信号にしたがって、勢いよく路上に出てくる三〇〇〇型は、カーブを曲がりながら、まるで路上に飛び出しそうになる。そこでは、必ずポールと電線の間に、青い火花が飛ぶ。

　角にあった店はタイル文字の看板があった花屋だ。そのとなりはガラス扉に閉ざされた薬局。薬局の横には地蔵があった。都電はそれらを中心に弧を画いて路上に乗り入れると、車輛の音を路面いっぱいにまき散らして走っていった。

　今は都電の走っていた石畳の道に黒いアスファルトが敷きつめられ、花屋や薬局のあった場所には小さなビルが建っている。地蔵もどこへ行ったのか姿を消してしまっていた。どうしてそれだけ飽きることもなく都電に乗り続けたのだろうと思う。確かに都電が好きだったし、都電に乗っているとあの時期の、そう、思春期といわれる頃の酸味を帯びた孤独感をまぎらわすことはできた。だが、それ以上に何か、もっと重要なKだけの理由があったような気もする。都電が幾つもの道路を通り抜け、家並みから家並みへと単調に走り続けながら、Kとともに捨て去っていった何か——例えば記憶とか、時間感覚とか、夢とか、そういうものがあったように思えた。

それは都電のあの独特の騒々しさと、その騒々しさが単調であることによる独特の静けさの中にまぎれ込んでしまったようだ。また、都電の激しい横ゆれに振り落とされてしまったようでもある。Kが今、思い出せるのは、都電の後部運転台の横に立って去っていく景色を虚無的に眺め続けていた自分の姿だけである。その時の自分が学生服を着ていたのかどうかもわからないし、何を考えていたのかは全く想像し難い。それはむしろKに対して殺意を抱いている他人の姿でも想像しようとしているかのように思えるほどに不気味だった。そして都電の音と横ゆれが、その殺意の緊張感を奇妙にのんびりしたものに変えていた。

都電に関していえば、乗っている都電よりも眺めている都電の方が好きであった。特に勝鬨橋を渡る時などは、乗っていると、ただ何となく通り過ぎてしまうのだが、歩道を歩きながらみていると、いかにも快さそうに潮風を受けて走っている。勝鬨橋の中央では必ずつぎ目を通るはずであるが、乗っていて、注意深く足元の感触を味わってみても、いつ中央を通過したのかわからなかった。真っ二つに割れるはずの勝鬨橋の接点も、ただのレールの継ぎ目程度の間隙しかないのである。都電はそれがあたりまえだというように走り続けていた。

Kは都電に乗るために早稲田へ行った。早稲田から王子へ向かう路線だけは今も残っている。この路線は昔の王子電軌の軌道を走るので道路の中央を走る部分が少く、そのために現在も残っているのである。昔はこの線の都電らしくない風景が好きだったのだが、今となっては都電とともに捨て去った過去を思い起すのに不適当ともいえる。それでも早稲田の広場の片隅に集った黄色い都電の姿を眺めると、もうKの時間感覚がどこかへ飛び去ってしまったように思えた。

停留所には人影がなかった。車輌は昔からある両端扉の東京都電独特のものではなく、細長い中央扉の七〇〇〇型である。窓が大きいので乗客がないのがよけいに目立ち、まるで人間の消滅後に残された文明の遺物のように空虚に停止している。そして運転台には、まるでロボットのように無表情な運転手が立っていた。

Kが乗ると、まるで自動運転の無人車のように、都電はゆっくり動き始めた。

都電は神田川を渡って学習院の森や石垣の下を走っていった。運転は荒っぽく、都電の軌道を利用してぶらんこ遊びでもしているように左右に車体がゆれ動いていた。時折運転手は警笛を鳴らした。警笛はピー、ポーという音と、郊外電車のようにプワァーンという音と、テケテケテケという近くの人よけ用の音の三種類が使い分けられていた。Kは三種類の警笛を使う車輌があったのかと思いながら首をかしげた。そして傾けた視線に小さな人影をみたのである。

後部運転席の横に少年が立っていた。それは疑いもなく、Kに殺意を抱いているK自身の少年時代の姿だった。

少年時代のKにもこの記憶はあった。奇妙に乗客のいない都電に乗ってどこかを走っていた時、自分に殺意を抱いている男の不思議に生々しい何かを感じさせる視線に出会ったのだ。少年Kとその男とのにらみ合いは、かなりの時間続いていた。

都電は家並の裏手を通り、線路の石の間から伸びている草むらを分けて走っていく。やがて線路もまくら木もみえなくなって、完全な草原の中に出てしまっても、横ゆれだけは相変らず続けながら都電が走っていた。

ポールから飛び出した火花は周囲を青い光線で包み、光線が消えると車内の暗い裸電球が灯いた。ガード下に入った都電は途中でトンネル内にコースを変えて暗闇の中をレールの継ぎ目の音だけを響かせながら走り続けた。

Ｋは少年に何か話しかけたいと思った。だが、Ｋにも少年にも相手が自分に対して殺意を抱いていることがわかっていた。Ｋは少年に話しかけることが、その殺意を表面に呼び覚ます契機になると思っていた。それはいわばこの悪夢を現実化するものなのである。

王子駅前のプラットフォームのある駅で、少年は電車を降りた。いつトンネルを出て、どういう方法であの殺意ある視線から逃がれたのかわからなかった。ただ、彼を残して走り去った都電は奇妙に四角ばった見慣れぬ姿をしていたように思う。

少年はその後、毎日のように都電を乗りまわすようになった。あの不思議な男を捜すためではない。あの悪夢から抜け出てきたような男を忘れるためである。

Ｋはいつか少年の姿がみえなくなっているのに気付いた。都電は王子をすぎて白っぽいガスに包まれた工場地帯を走っていた。周囲の路上にも人影がなく、工場のサイレンの音だけが白い空気の間を漂っていた。もう横ゆれはなく、まるで土の中にのめり込んで停止してしまいそうなほど重々しく無気力に都電は走っている。

その都電も間もなく廃線となるようだった。

2

一九六〇年代の単行本未収録作

ブルー・トレイン

1

ブルー・トレイン、ぼくは青い列車が好きだ。太平洋、瀬戸内海、有明海といった海の色を映して走る「あさかぜ」「さくら」「みずほ」といった特急列車。それらを想い出しただけで、ぼくは、まるで新しい人生を始めたような気持になれる。写真でしか見たことはないが、イギリス国鉄の特急「プレマン」ソヴィエトの「レニングラード特急」といった列車もブルーに彩られている。ぼくはなぜか、青い列車に接すると胸の高鳴りを覚え、それが素晴しいことの始まりのように思えるのだ。いつかそれは、ぼくをどこかへ連れていってくれるに違いない。新しい、別世界へ……。

銀色のレールを走るブルー・トレイン、褐色のまくら木の上を走るブルー・トレイン。いまのぼくが、平凡な日常生活の殻を打ち破って、長い間求め続けてきた本当の生活に入る時があるとすれば、それはブルー・トレインに乗ってどこかへ行く時に違いない。

ぼくはまだ、「あさかぜ」にも「みずほ」にも乗ったことがない。乗る機会がないという理由だけでなく、意識的にそれを避けているようなところがある。乗ることが怖いのだ。乗って、行くべき目的地がないということが……。

目的地。本当の生活のあるところ。……本当の生活とは何かが判らなければ、ぼくはブルー・トレインに乗れない。それはいまのように、会社と家を往復し、サラリーをもらうことと、失敗をしないことだけを考えて全てことなく済ませるような生活ではないことは確かだ。上役の命令を忠実に守り、同僚のきげんをとることだけを考えるようなビジネスではないことも確実だ。しかし、それが一体どういう生活なのか、ぼくには判らない。だから、ぼくは「あさかぜ」には乗れないのだ。乗ってどこかへ行っても、そこに別の土地があるだけなら、ぼくはブルー・トレインに託した期待さえ失うことになる。それがぼくは怖いのだ。

東京駅午後六時、まず特急「さくら」が出発する。そして、「みずほ」「はやぶさ」「富士」「あさかぜ」と続くブルー・トレイン。ぼくは会社帰りに東京駅でそれらの列車を見送ることでがまんしている。

青い列車が夜の中に入ると、まるで闇の中に消えていくように美しく同化する。ぼくはそれを見ていると、ブルー・トレインがどこか別の世界に入り込んでしまうように思えるのだ。残されるものは赤い光だけ、出発信号機の赤い輝きと、テールランプの赤い灯、それだけを残してブルー・トレインは去っていく。

2

ぼくには三人の友人がいる。いずれも鉄道マニアで、ＨＯゲージの鉄道模型を走らせるのが好きな連中だ。

Ｏは工学部の学生、いつも架空の電車を設計してはその模型を作っている男だ。技術こそ総てというのがＯの論理である。彼は東横線のステンレスカーと阪急電車の２０００型が好きで、いつも他のメンバーから「あんな味もそっ気もない電車が！」と笑われている。

Ｋはダイヤグラム魔。彼にとっては小田急の複雑怪奇（？）なダイヤがたまらないらしく、現在の特急、準特急、急行、通勤急行、快速準急、準急、各停という列車種別に加えて、更に短距離の直行、長距離で座席指定料金の要らない快速急行を作るべきだという。そして「一度でいいから、日本中の鉄道のダイヤを自分で組んでみたい。」というのがKの願いである。彼もまたぼくと同じくサラリーマンであるが、「中年男」とひとに呼ばれるほどとしをくっている。

Rはコレクターである。小さな商店を経営しており、若い頃から列車模型を集め始めて、いまでは日本中の現役車輛の大部分の模型を持っている。新車できるとどこからか設計図を手に入れてきて、その模型を作ってしまうほどであるが、一体なぜ彼のコレクションが列車でなければならず、切手であってはならないのかは誰にも判らない。

そしてぼく。ぼくは青い列車の模型しか持っていない。原型が他の色でも、ぼくのものとなった模型は必ず青いラッカーで染められてしまう。そんなぼくをみんなは笑う。模型は原型に忠実であるべきだというのである。むろんぼくはそんな意見にはかまっていない。いかにして素晴しいブルー・トレインを作るか、そればかりを考えてラッカーの配合に時間を費しているのだ。

ぼくたちはこのメンバーで、巣鴨に小さなアパートを借りている。Rの発案で費用も大部分彼が持ったのであるが、そこに列車模型専用の部屋を作ったのだ。部屋中いっぱいにHOゲージが敷かれてあり、残った僅かな空間もTTゲージやOゲージのレールで埋められている。そこはみんなの夢の工場だ。Oにとっては自分の設計した車輛の製造所であり、KにとってはダイヤグラムＡを試みる研究所であり、Rにとってはコレクションの倉庫である。そして、ぼくにとっても、やはりブルー・トレインを作ったり眺めたりする楽しい場所なのだ。

3

日曜日の午後、ぼくは巣鴨に向うために山手線に乗った。池袋を過ぎると電車は赤羽線と分かれて切り通しに入る。切り通しは大塚まで続くから、その間は雑草の生えた斜面しか窓外には見えない。ぼくはぼんやり、雑草に混った白い野菊を眺めていた。

二つ目の陸橋を電車がくぐり抜けた時だ。ぼくは、ふと青い色が視界をかすめたように思った。陸橋で車内が暗くなったため、ぼくの向っていた窓ガラスに反対側の窓から入った光が映ったのだ。

振り返ると青い列車が見えた。最初京浜東北の一〇一型が廻ってきたのかと思ったが色が違う。もっと深い奥行きのある青だったのだ。列車とすれ違ったのはほんの一瞬だった。型も連結数も見ることができなかった。しかし、その色だけはぼくの脳裏に焼きついていた。あさかぜ型の色でもない。もっと緑がかった青でありながら、それでいて純粋な色だった。忘れられない色だ。ぼくが求めていた青だ。ぼくが期待していたようなブルー・トレインなのだ。

ぼくは窓ガラスに顔をすりつけて、その列車の後姿を見ようとした。しかし、固いガラスが、もどかしくぼくを拒んだ。

大塚に着くと、まっ先に駅に飛び出して池袋方向を見た。しかし、ブルー・トレインの姿はすでに消えていた。

4

アパートには三人ともそろっていた。ぼくはさっそくブルー・トレインについて話した。

「そんな新車ができたって話は聞かないな。」

Oはいった。

「あさかぜ型を回送していただけだろう。見間違いだな。」

Kはたしなめるようにいった。

しかし、ぼくがブルーの色を見間違うはずはない。光線のかげんで違った色に見える時があるといっても、「あさかぜ」がどう転んでもあの色に見えるはずはない。あれは本物のブルー・トレインなのだ。つまりぼくが長い間待っていた青い列車なのだ。いまになって考えれば「あさかぜ」など、あの列車の代用品にすぎない。ぼくが求めてきたブルー・トレインはあの列車なのだ。あの色、あれは本当のブルーだ。そうだ。本当の海の色なのだ。

「少し、ブルー・トレイン熱に浮かされているんじゃないか?」

Rがいった。そうとも、あの列車を見て浮かされない方がおかしい。

ぼくは「もう一度見てくる。」といってそこを出た。山手線を巣鴨から池袋・新宿・品川と廻った。品川を過ぎてからは何度も京浜東北の一〇一型に出合い、その度にもしやと思ってあわてたが、やはりあのブルーとは違った。京浜東北のあのよそ行きのオベベのような青色とは似ても似つかぬものなのだ。

結局ぼくは山手線を二周して巣鴨に戻った。ぼくは連中の嘲笑を予期しながら、アパートに入った。入ったとたんKの大声が聞えた。

「これを見ろ！」

Kはそういって夕刊を突き出した。


幽霊電車、東海道新幹線に出現？

本日午後2時、新幹線総合指令所のCTC装置に、運転していないはずの列車が感じられた。現場は熱海―小田原間で、付近を通行中の列車は全て徐行運転を行なったが、路線上には石ころ一つ発見されず、またCTC装置にも故障は見られず、いまだ原因不明。なお、午後3時頃、山手線池袋付近でも電車が通過していないのに信号が赤になるという事故が起きており、こちらも原因は判らない。


みんなぼくの顔を見た。ぼくがブルー・トレインを見たのも午後3時頃だった。

「原因不明の信号事故ぐらいよくあるさ。電気が流れたら信号は赤になるんだからな。」

Oがいった。

「しかし、偶然が重なりすぎているように思えるな。」

Kがそういってぼくを弁護してくれた。

しかし、その日はそれ以上話が発展しなかった。Oの言葉を借りれば「資料不足」である。

5

次の日、会社に行ってもぼくのブルー・トレイン熱は覚めなかった。仕事が手につかず、ぼんやりしていると昼になった。仕事をしなくても腹の方は空になったので近くのレストランに入り、いつものサービスランチを食べた。

レストランのテレビではニュースが始った。「相次ぐ信号事故」という見出しが出た。

「昨日の新幹線、山手線の信号事故に引き続き、今朝も数件の原因不明の信号事故がありました。」

京成電鉄、新京成、東武伊勢崎線、日光線、宇都宮線といった各線で昨日のように電車が通過していないのに信号が変るという事故が起ったというのだ。しかも今度は連続して起り、日光から浅草までは、まるで電車が走っているように系統だった信号異変が起ったという。

「なお、丁度日光へ観光旅行に来ていた青年が、東武鉄道にはないはずの青い列車を見たといっており、現在その青年を捜す一方、信号機などを調査中であります。」

ぼくはレストランを飛び出した。京成と東武日光線に現われたのなら、次は東武東上線と西武線に現われるに決っている。ぼくは地下鉄の階段を二つずつ駈け降りて池袋行きの電車に飛び乗った。

ブルー・トレインがやはり本当にあった。ぼくはそう考えると駅毎に停車する地下鉄がもどかしかった。ブルー・トレイン、それはもしかすればぼくのために現われたのかも知れない。ぼくはそれに乗って本当の生活に向うことができる。いや、乗れなくてもいい。ぼくが長い間待ち望んでいたものの出現で、ぼくには充分だ。そのブルー・トレインにこそぼくがいままで求めていたものがあるのだ。

ブルー・トレイン、青い列車。一体どんな型をしているのだろう。一体どんな性能を持っているのだろう。ぼくはそれが知りたかった。そして、その不思議な神出鬼没の能力に、ぼくの期待と一致するものを感じた。まるで人々をからかっているように、いたずらっぽく信号を変えていくブルー・トレイン。それはやはりぼくのいまの日常生活から大きく踏み出した代物である。

6

西武池袋駅は混雑していた。混雑しているだけで、ブルー・トレインが出現したのかどうか全く判らなかった。ぼくは駅長室で尋ねて見ようと思ってその前まで行くと、そこでKにばったり逢った。Kも同じようなことを考えてそこへ来たようだ。

Kといっしょに駅長室へ入ると、中にはRとOがいた。

「ブルー・トレインは東上線を走り終えて、西武に現われたそうだ。」

Rがいった。

「いま、椎名町で信号異変が起っているそうだけれど、追いかけてみないか?」

Oがいった。

ぼくたちは丁度ブルー・トレインの後を走る電車に乗った。電車の最前部には西武電鉄の係員が乗っていて、ぼくたちにそれ迄に判ったブルー・トレインの性能を教えてくれた。

いまのところブルー・トレインは姿が見えず、しかし普通の電車と同じように電力を消費しながら走っている。赤信号の手前では停車し、ポイントも守って走るが、音も聞えないし実体であるとは思えない。——ということである。

「物体電送か何かの実験を誰かが秘密にやっているのではないか？　もしそうだとすれば、大変な性能の乗物ということになる。」

Oがいった。

「違うよ。いろんなレールを走るところを見るとぼくたちがHOゲージで電車ごっこするようなことを、本物のレールで誰かがやっているんだ。つまり日本中の本物のレールに自分のダイヤグラムで列車を走らせようとしている奴がいるんだ。」

Kがいった。

「とにかく、その列車の模型を作らなければ。」

Rがいった。みんな眼を輝やかせて前方を見つめた。しかし前方にはブルー・トレインの姿はない。西武電鉄の職員はぼくたちのいうことを面白そうに聞きながら、時折嘲笑にも似た笑顔をぼくたちに送った。

「こういう事故は初めてだが、判ってみれば何でもないことだよ。大方ね。」

職員がいった。本人は冷静に判断したつもりだろうが、本当のブルー・トレインの意味の判らない奴だ。そういう男にとっては鉄道など日常生活の中の代物でしかなく、それに想像力を加えて飛躍した発想を持つことなどできないのだろう。哀れな男だ。

練馬駅で本格的な調査用の荷物車に乗りかえた。係員が冗談半分に「君達もくるかい？」といったので、ぼくたちはこれ幸いと便乗したわけである。

荷物車には調査用の器具が積まれてあり、発車するなりフルスピードでブルー・トレインを追った。

7

ぼくたち四人は運転台の横に陣取って動かなかった。じっと前方を見つめた。直線の二本のレールがどこまでも続いている。周囲は畑で時折踏み切りの警笛が後ろに飛び去った。ブルー・トレインはなかなか見えない。

やがてひばりヶ丘の駅を通過した。その時、前方の信号が橙色になっているのをOが発見した。ゆるやかなカーブを曲がると更に前方に赤信号が見える。しかし、どうしたわけかその前方にブルー・トレインの姿は見えないのだ。

「見えない。」

といってKはぼくの顔を見た。ぼくは首を振ってそれに答えた。判らない。なぜ見えないのか、他の人間に見えない理由は判るが、ぼくにも見えないという理由は判らない。昨日山手線では、はっきり見たのに！

電車はスピードを落した。赤信号が橙色に変るのを待って進んだ。そして、そのことによってブルー・トレインのスピードを計った。約五〇キロのスピード。普通の列車より、やや遅い。

「何とかあれの性能をさぐりたいな。」

Oがいった。

「型を見なければ模型が作れないよ。」

Rがいった。

「あの列車を動かしている奴らに仲間入りしたいね。」

Kがいった。

やがて電車は計画調査区域に入った。様々な装置を線路上に取りつけておいてブルー・

トレインの反応を調べるのだ。

ブルー・トレインが信号を守るという性質を利用して、予め信号を赤にしておくと、ブルー・トレインはその信号の手前で停車した。停車中もそれは電力を消費しており、その長さはおよそ七十メートル、車輛四輛ぐらいの長さである。

ぼくたちは電車を降りてブルー・トレインのある方向に向った。小さくブーンというハムの音が聞える。しかし列車の姿は見えない。めいめいにブルー・トレインがあるだろうと思える近くを取り囲むようにして立ったが、職員の一人が暗闇を歩くような手つきで前をさぐりながら進み出た。

一瞬「ああ」という声が聞えたと思うと、すさまじい火花が飛び散り、次の瞬間には真黒こげに焼けた屍がくずれ落ちた。

「空中放電だ！」

「危険だぞ！」

みんな一歩退いた。黒こげになった屍を連れ出すこともできない。

その時、ブーンというかすかな音は僅かに動き出した。信号はまだ赤のままであったが、まるで待ちあぐんでしびれをきらしたように、ゆっくり動き始めたのだ。

8

ブルー・トレインの動きを見ていると、それが天然現象であるとは思えない。明らかに知的生物の意志によって動いている。信号を守ったり、しびれを切らせて動き出したり、またいろいろなレールを走ったりする点など、自然現象ではありえない証拠だ。しかし、では一体誰が動かしているのだろうか？　Kのいうように鉄道マニアが遊びでやっていることなのか、それとも宇宙人か何かが動かしているのか。またOのいうように発明家や科学者の実験なのだろうか？

とにかく犠牲者が生まれてからブルー・トレインは社会的にも重大な意味を持つようになった。犠牲者を積んで池袋に戻ったぼくたちは新聞記者に取り囲まれてしまったのだ。犠牲とか被害の好きな連中である。大して関係のない政治家の一寸した汚職まで、簡単に全ての国民の大被害に仕立て上げる奴らである。どうせブルー・トレインも政治家や台風と同じような悪者にでっち上げるつもりだろう。しかもOがよけいなことをいった。

「この人が昨日、山手線で青い電車を見たんですよ。彼は長い間青い電車を研究していましてね。この事件の主役もブルー・トレインと彼が名付けたんですよ。」

ぼくは〇のほっぺたをひっぱたいてやろうと思った。しかし、そう思った時には記者たちの押しくらまんじゅうのあんこになっていて動きはとれなかった。

「そのブルー・トレインは何だと思いますか?」

「こういうものが発生したのは、やはり赤字路線や政治停車の問題と関係あるでしょうね?」

「なぜ、青い列車なんか研究しているんですか?」

「ヴェトナム戦争について一言。」

「電車の幽霊と人間の幽霊とどっちが怖いと思いますか?」

「犠牲者の遺族の保障問題はどうなっていますか?」

全く、ぼくは泣きたい程ばかばかしい思いをした。しかも、ぼくたち四人はいつの間にか車に乗せられて、テレビ局まで引っぱられた。すぐ「こんばんは日本」というニュースショー番組に出ろというのだ。しかも出ろといった時にはすでに両腕をつかまれたままスタジオの中に連れ込まれた後であった。その上司会者がばかげていて、ぼくの意見など全くしゃべらせず、最後に「その幽霊電車は青かったのですね。」といったので「そうだ。」

というと、「ああ、それでブルー・トレインですか、結構でした。」

それで終りであった。ぼくは「そうだ。」と一言いっただけである。他の三人はついに一言も喋らなかった。

9

ぼくたちはテレビが終ったのち、ニュース屋にその後のブルー・トレインの行方を尋ねた。ブルー・トレインはその後、西武新宿線、京王線、井ノ頭線、東横線、田園都市線、小田急線などに現われたという。その間、京王線では空の電車一編成を焼き、踏み切りで小型トラック一台を火だるまにしたらしい。

東京の公私鉄は全線運休で様子を見守っているが手の打ちようがないという。

ぼくたちはブルー・トレインの性能を分析し、その正体をつかもうと思った。

1、ブルー・トレインは広軌でも狭軌でも走ることができるが、電化された線しか走らない。

2、ブルー・トレインは日本中の主な鉄道を走るつもりらしい。また同じ線を二度走ることもなさそうである。

3、ブルー・トレインは電力を消費しているが、必ずしもそれを動力にしているとは思えない。

4、ブルー・トレインは線から線に移る時、レールのない所をジャンプするようだ。

そして、Kにとってはそれが本物の電車ごっこであり、Rにとっては楽しい新車輌であり、Oにとっては秘密列車である。そしてぼくにはブルー・トレインそのものなのだ。ブルー・トレイン、青い列車。ぼくの前に一度は姿を現わしていながら、再び消えてしまってあばれ廻る奇妙な列車である。それはやはりぼくの、それ迄の生活環境の中では考えることのできないような大きな存在であり、自分の好きな、走りたいレールを平然と走り抜ける楽しい自由な列車なのだ。

10

ぼくたちはブルー・トレインの次のコースを地下鉄とみた。小田急から京浜急行を廻ったブルー・トレインは、残った只一つの私鉄である地下鉄に向うはずである。

地下鉄のどの線かという点で意見が分かれたが、結局銀座線か日比谷線だろうという結論に達した。銀座線説をとなえたのはOとKで、ぼくとRは日比谷線説である。OとKは銀座線が一番古い地下鉄だから、まず最初に走るだろうといった。ぼくは日比谷線が好きだという理由で日比谷線を主張した。

ぼくは銀座線が嫌いだ。汚れたようなイエロー、狭い車内、車輌と車輌をつなぐ通路はついている所とそうでない所があり、ポイント毎に電灯が消える、いろんな点で優れた地下鉄といいかねる。それに朝夕の混雑、こわれたようなスピーカーから流れてくるようなアナウンス、安手作りの駅、ブルー・トレインがあんな鉄道を走るはずはない。銀座線はブルー・トレインが走るにふさわしくない線だ。

ぼくとRは中目黒駅でブルー・トレインが現われるのを待った。OとKは渋谷で銀座線に現われるのを待っているはずだ。

日比谷線にはATC装置があり、全線が近代的に作られてあるのでブルー・トレインの発見も容易である。ブルー・トレインが現われた時の用意に荷物車がとめ置かれていて、係員や新聞記者も待機していた。むろん同じような準備が他の線でもなされているはずであるが、ぼくにはやはりブルー・トレインが日比谷線に現われるように思えるのだ。

運休中だった東横線の始発電車が走り始めた。ブルー・トレインが走り終えた線は一応運転を再開したのだ。原因不明の事件であるし、いつまでも運休しているわけにもいかないからだろう。しかし乗客は少い。ほとんど空のまま中目黒駅を出て横浜方面に走っていく。地下鉄日比谷線の方は運休中なので、ふだんは乗り換え客の多い中目黒駅も空っぽだった。ステンレスの屋根に東横線の電車の音がこだまし、それだけがこの世界の生物のように思える。

通信が入った。ブルー・トレインは中目黒—恵比寿間に現われたのだ。ぼくの考えていた通り日比谷線に出現したのだ。

ぼくたちは追跡に向った。高架から地下に入る下り坂を一気に加速しながら突っ走り、ゆるやかなカーブを曲がると、もう恵比寿であった。前方には黄信号が見える。

「現在、ブルー・トレインは時速六十キロで走っている。」

計器係がいった。六十キロ、以前よりスピードが速くなっている。追跡車もスピードを上げた。コンクリートの柱がピューピュー唸る。架線式地下鉄のため天井が高く、長方型のコンクリートの筒は乾いた音をその中に響かせた。

信号はめまぐるしく変る、赤から橙色、そして青。青信号が次々去っていく。ブルー・

トレインの姿は見えない。暗い地下だからか、それともやっぱり姿のないものなのか、ぼくにも判らない。

「八十キロ」

係員がいった。追跡車のスピードの限界だ。ブルー・トレインは更に加速している。

銀座、東銀座、築地、次々と通過した。追跡車は、はげしくゆれながら、ようやくブルー・トレインの後をついていく。ATCの働きは停めてしまっていたが、日比谷線をこんなスピードで走る列車は初めてに違いない。

「百キロ」

係員が絶叫した。もうだめだ。追跡などできない。狭軌の地下鉄を時速百キロで走るなんて気違いざただ。

追跡車は少しずつスピードをゆるめて、上野でストップしてしまった。みんなあっけにとられた顔で追跡車から降りた。

「まるで気違い列車だ。」

「あんなものの正体を見破れってことが無理な相談さ。」

みんなサジを投げたという風にすてゼリフを残して駅長室に入っていった。

ぼくは上野の地下道を一人で歩いていた。

ぼくには、追跡隊を全く相手にしないで走り去ったブルー・トレインが嬉しかった。まるでブルー・トレインの、他の誰にも犯すことのできない本性を見せつけられたように思ったからだ。

ぼくは地下鉄を時速百キロで走る青い列車を想像した。海の色が、まるで潮流のように流れ、付近の空気を巻き込んで走り去るブルー・トレイン。

鉄路と車輪が火花を散らし、架線は唸り、あの美しい青い列車は走っていくのだ。

11

ブルー・トレインはその後、地下鉄丸ノ内線、東西線、都営一号線を走ったが、銀座線だけは走らなかった。これにはぼく自身がおどろいたが、それ以上に嬉しかった。

やはり、ブルー・トレインはぼくのために現われたのだ。ぼくはそう考えた。

KとOはがっかりした様子で巣鴨に現われた。しかし、彼らもブルー・トレインを見ることをあきらめてはいない様子で次の予想を立てた。次は伊豆箱根鉄道という点で全員の意見が一致した。

その夜はみんなで巣鴨に眠った。

12

朝、飛び起きると反射的に会社へ行かなければならないという気持がわきあがった。考えてみれば、ぼくは昨日の昼、会社を飛び出したままだ。

しかし、ブルー・トレインのことを思い出すと、そんなことを考える自分が嫌になった。会社なんかくそくらえ!

ぼくはそうつぶやくと、なぜか急に解放されたような気持になった。そうだ。ぼくはブルー・トレインを待って長い間面白くもない生活を続けてきたのだ。会社なんか問題ではない。ブルー・トレインだ。ブルー・トレインが今のぼくの全てなのだ。

ぼくたちは四人そろって「ブルー・トレイン対策本部」に出かけた。どういう対策をしているのか知らないが、そういうものが昨日から生まれたのだ。

ぼくたちが着くと、またもや新聞記者が集ってきた。もちろんぼくたちは逃げ廻って、ようやく室内にたどり着くと、係官たちが大歓迎で迎えてくれた。

つまり意見を聞きたいというのだ。

ブルー・トレインは昨夜の間に伊豆急、静岡鉄道、富士急、名鉄、近鉄、阪神、阪急、南海、大阪環状線、京阪、神戸電鉄、山陽電鉄、大阪地下鉄、西鉄、名古屋地下鉄、といった線を時速二百キロ〜三百キロのスピードで走り回り、その間、五十二ヶ所で空電車を焼いたり、踏み切りで人を殺したりしたというのだ。

そして、その後、どこへ行ったのか姿を見せず、消えたまま沈黙を続けているという。本部ではまだブルー・トレインの走っていない各線に運休するよう指令しているが、いつまでもその状態を続けるわけにはいかないので相談にのってくれという。

ぼくたちは口をそろえて、「まだ現われますよ。」といった。しかし、その意見はまちまちで、Kは東北本線に現われるといって、その理由を北から順に走ると思えるからだといった。Oは東海道本線を主張し、一番設備のよい線を走るだろうといった。Rは飯田線だといった。飯田線は元私鉄だし、それまで私鉄を走ってきたブルー・トレインが目をつけるにちがいないといった。

ぼくは中央線を主張した。理由や根拠はあまりないが、ただ、そう思ったのだ。

そして、その結果、夫々が自分の思う線でブルー・トレインを待つことにした。

13

ぼくは、今度こそ一人でブルー・トレインと逢いたかった。だから中央線でもあまり人の乗り降りのない東小金井駅へ行った。

東小金井駅は最近できたところなので、付近にも人家は少く、武蔵野特有の樹木の群が風にざわめいていた。

会社のことも何もかも忘れたぼくにとって、ブルー・トレインを待つことに専心することは容易であった。

ブルー・トレインはなかなか現われない。

普段ならその線を中央線のローズ色の電車が走っているわけだが、その日はまるで日曜日の工場のように静かで、有名な直線レールがどこまでも続いているだけだ。

ぼくはそのレールを走るブルー・トレインのことを考えながら時間を過した。その後ブルー・トレインを見た者はいない。一体なぜだろうか?

ぼくは待つ間に少しずつ不安になってきた。しかもブルー・トレインは現われない。やがて晴れた西空に富士山の影を作って、夕陽が沈んでいった。

ぼくは仕方なくそこを立ち去った。

14

ブルー・トレインはどこにも現われていなかった。

本部では奇現象が消滅したという見解をとって列車運転再開に踏み切った。

ぼくの三人の友人も長い間待って裏切られたおかげですっかりまいってしまっていた。

「やはり、あれは何かの実験だったのだ。」

Oはいった。

「本当はブルー・トレインなど、存在しなかったのかも判らないな。」

Kがいった。

「いくつかの偶然が重なっただけかな。」

Rがいった。

そして、三人は行きつけの模型屋に寄るためにタクシーに乗り込んだ。

ぼくには判らなかった。

なぜブルー・トレインが消えてしまったのか。なぜぼくに見えなかったのか。……しかし、ぼくはブルー・トレインの存在を疑わなかった。存在していながらぼくに見えなかったということはぼくの敗北を意味するのだろうか？

ぼくは東京駅にやってきた。

七時十分発、博多行、特急「あさかぜ」が停車していた。

いまなら「あさかぜ」に乗れる！

ぼくはそう考えると、発車寸前の「あさかぜ」に飛び乗ってしまった。列車は明るい東京駅からゆっくり夜の暗闇の中に入っていった。

ようやく乗ったブルー・トレインなのに大した感動もない。「あさかぜ」はやはり代用品でしかなかったのだ。

単調な音のくりかえしが、列車を西に進行させていた。横浜、熱海、列車は定速を保ちながら時刻表通り進んでいる。丹那トンネルに入った。音はトンネルの中に大きく反響した。急に列車のスピードが上がる。

「お客様にお知らせします。この列車はブルー・トレインに追われていま……。」

アナウンスの声が聞えた時、後方から閃光が近づいてきた。

白い閃光、そして赤い炎、その中に、ぼくは見た!

青い、流線型の列車を。白い光と赤い炎にかぶさるように、窓ガラスの光とヘッドライトの輝き。そして、海のように青い美しい列車が、「あさかぜ」を突き抜けて走ってくるのを……。

麦畑のみえるハイウェイ

朝食を済ませたS氏がビジネス用のTV電話のスイッチを押すと、画面にはいつものように出勤記録室が出ず、週一回見る事のできる楽しいテロップが現れた。

> 連日LL株式会社の仕事に励んで頂き、役員一同心から感謝致して居ります。
> 本日は日曜日で会社は休みです。どうか一週間の疲れを癒し、月曜日からの労働に備えて下さい。

S氏は苦笑した。

――休みか！

彼は配送コンベアまで足を運ぶと新聞を取り、ページを繰った。イメージ送信番組表に目を通したが、彼の気に入った番組が見当らないので、ヴィジョンルームに向った。

――のんびり花畑で音楽でも聞こうかな。

S氏は抽出から花畑カードを取り出し、ページをくっていたが、ふと気が変って急に外出してみたくなった。考えてみれば、今は春だった。ヴィジョンルームで花を見なくても外にはいっぱい花が咲いているだろう。彼はカードを再び抽出に入れると、滅多に開かれないドアに向った。

S氏は三年前に購入してから一度も使っていない乗用車を思い出した。彼は戸口からガレージに向うと久方ぶりの太陽と青空を見上げた。もちろんヴィジョンルームでは毎日といっていい程太陽も青空も見ていたが、その時、外にも太陽がある事を思い出したのだ。

ガレージには、彼の三年前の記憶と何等変らない車が、暗闇の中で待っていた。

彼がボタンを押して、シャッターを上げると、ガレージに三年ぶりの光が侵入した。硬質樹脂の車のボディがライトブルーの光を放ち、今にも走り出しそうに見える。S氏はヴィジョンと実体の根本的な違いを肌に感じ、驚愕の目を見張った。

車のドアを開き、尻にソファの弾力を感じ、手にハンドルの抵抗を感じた時、彼はもうその日一日をドライブで過さなければ気が済まなくなっていた。

運転の腕は三年前から鈍っていると思えなかったので、手際よく後退ボタンを押して、アクセルを踏むと、車は勢いよくガレージから出た。彼は力強く跳ね返ってくる実感に思わず身震いを感じた。

車が彼の家の門前から市内自動車路に出ると、S氏は車をスローのまま走らせ、ゆっくり街中を眺めた。人影はどこにも見られず、自動車路を走る車も意外に少い。すれ違う車の殆んどは、無人トラックの定期便や、軽貨物便で、時折、わずかの客をのせた大型の長距離バスが見られる程度である。

市内自動車路は都市間高速道路に続いて居り、彼の車もハイウエイに入った。S氏がハイスピードボタンを押すと、車は時速二〇〇キロのスピードでハイウエイを疾走し始めた。ハンドルをオートに切り換えて、ソフアにもたれると、タバコに火を付ける。S氏は家々の屋根と青空が見えるその光景にすっかり気を良くし、口笛を吹いた。

——こんな具合ならこれから毎日ドライブしよう。

彼の目にインターチェンジ表示板が映った。スピードダウンのボタンを押して、ハンドルを取ると、ハイウエイの別れ道が前方に見えた。

〝K市南ドライブウエイ入口〟

と書かれた大きなプレートを見ると彼は呟いた。

――ほう。こんなところにもハイウエイがあったのか。いつ出来たんだろうな。

彼はハンドルを矢印の方向に切ると、高架線からカーブしながら脇道に抜け、道はやがて立体交差の下側に出て、再び四車線のハイウエイとなった。それは黒いアスファルトの道路で、彼の車の進行方向に、どこまでも一直線を保って続いている。

S氏は再びハイスピードボタンを押して、ハンドルオートに切り換えた。

三角窓から快い風が田園の香りを伝え、一面青々とした麦畑が道路の両側に拡がる。彼は豊かなオゾンを吸い込みながら何度も頷いてみた。

――それはそうと、一体、この方角に真直ぐ進むとどこへ出るのだろう?

彼は頭の中に地図を思い浮かべてみた。確かな記憶ではないがT市に向っているように思える。太陽が頭上に輝やき、正午を知らせた。雲一つない青空を昇っていく小さな影はひばりのようだ。

――まあ、時間はたっぷりあるし、ガソリンは満タンだ。行き着く所へ行くさ。

麦畑の濃いグリーンは、どこまで行っても途切れることがなかった。それは時折流れてくる暖かい風によって柔軟に波をうち、彼の車が作る疾風がそれを切り、更に新しい波を生む。声なく騒ぎ立てる麦の緑、光に満ちた青空、そして沈むようなアスファルトの黒。彼は二本目のタバコに火を付けた。

彼が三本目を吸ってカーラジオのスイッチを入れた時、メーターを見ると、もう二〇〇キロも走っている事に気付いた。考えれば、インターチェンジから一〇〇キロ程走った事になる。

――変だぞ、半時間も走ってどこの市にも出ないというのは……。

前方を注視してみても、そこには黒々と続くアスファルトと、麦畑があるだけだ。家一軒見えない。S氏は、突然不安に襲われた。急いで減速ボタンを押すと、ブレーキペダルを力いっぱい踏む。車は勢いよく減速し、停車した。すぐにバックボタンを押してハンドルをいっぱいに切り、T字ターンをして、来た方向に走り出すと、今度はハンドルオートにせず、自分でアクセルを踏み、ハンドルを握った。

S氏のライトブルーの車は風音を残して時速二五〇キロで疾走する。彼が走ってきた方向には依然広大な麦畑と青空がどこまでも拡がり、黒色のハイウェイが一直線に続いていた。太陽は少しずつ西に傾き、午後の強い光かアスファルトをギラギラ輝やかせた。考えてみれば今頃アスファルトの道などある事が変だ、とS氏は気づいた。主な道路は殆んどがコンクリートか樹脂で敷かれているはずだ。彼はますます不安になって、何度も時計を見た。前方には、どこまでも麦畑の緑が続いて居り、道路は相変らず一直線だった。

一時間程戻ると再び車をターンさせて、同じ道を走り始めた。彼はじっと前方を見つめながら呟いた。

――そんなはずはない。

麦畑は、濃い緑の波を彼の車が作り出す疾風に委ね、その波は、どこまでも続く麦畑の紋となって伝わっていった。

ギターと宇宙船

ギターを弾きながら陽気に歌う奴がいた。名前はケレルボビフェレンセスカイといった。俺達はそいつをケボスイと呼んでいたが、とにかく面白い男であった。

ギターというのは尺八と同じくらい古い楽器で、うっかり俺などが手を触れると指を切るような、危険な代物だ。

ケボスイは右手に赤い手袋をはめて、真中にでっかい花の絵が画かれたそのギターを器用に操って歌を唄う。それは全く嫌気がさす程に、あの懐かしい地球を思い出させる歌だった。懐かしいといっても俺は地球を知らない。一度もそこへ行った事はない。しかし誰でも、少くとも船乗りならみんな地球を自分たちの故郷だと信じているのだ。

本の挿画や劇場で地球の景色を見た事ならある。いかにも落着いたコンクリート建てのビルや、鋼鉄の塔、更に何のために建築されたか判らないような白く長い防波堤、そして海と山、緑の森林、寺院や鉄道、それらはみんな調和のとれた美しさがある。それは他の星の建物のように合理性だけで、必要性だけによって創られたものではなく、人間の心が育くんだ豊かな神秘的なものだと俺は考える。

「よう、ケボスイに通信があったぞ」

通信係のドルブが小さな通信版を彼に手渡し、彼のギターが置かれている机の近くに座った。ドルブは怖る怖るそのギターに触ってみたが、すぐケボスイの手がギターを引き寄せた。

「なあケボスイ、また一つ歌ってくれよ。本当云やあ、俺はいつもお前の歌を聞いて、泣きながら寝るんだぜ」

ケボスイはそれに答えず、一心に通信版を読んでいた。彼はそれを読みながら何かひどく心を動かされている様子だった。

「どこからの通信だ」

俺が云った。ケボスイは一寸顔を上げたが、すぐ通信版をポケットに入れ、ギターをかつぎあげた。

「ビルエル、話がある」

ケボスイはそう云ってさっさと立上がり、部屋を出た。俺の名はビルエフレールクレールだが、みんなビルエルと呼んでいた。俺があわてて彼を追うと、彼はマストに向っていた。

マストというのは展望室のことで、その部屋にはヴィジョン装置があり、船の四方に見えるもの全てが壁に映し出されるようになっていた。慣れると全く退屈なものであるが、そこに映し出された星の姿こそ俺達船乗りの最も愛するものなのだ。

「一体何だ」

銀河を背に立停ったケボスイに俺は云った。彼は僅かに微笑んで回転デスクに腰を降ろした。

俺とケボスイはそれ程長い付合いでもない。俺は二〇才の時からケンタッキー航宙会社で船に乗っているが、ケボスイは二年前に入ってきた新入りである。彼はなぜか三〇才近くになって船に乗り始めたのだ。

宇宙へ出たいとか、船に乗りたいという考えは二〇才前の青年の夢であり、三〇才にもなった男の功利的な考えからは絶対船乗りになるという気持ちはわきあがらないものだ。

ケボスイには確かに奇妙な所がある。大方の船乗りは、宇宙をののしり続け、まるで自分が宇宙の奴隷であるかのような被害妄想を持っていながら、それに束縛される事に無性の喜びを感じているようなマゾヒズムがあるのに、彼にはまるで宇宙を馬鹿にしたような、宇宙なんて何でもないんだと云いたげな包容力がある。それが悟り故か、無知故か俺にも判らないが、俺にとって魅力的なものであった事は確かだ。それでいて、彼は他人と話しをする時に、マストを使ったりするのだ。

「これを読んでくれ」

ケボスイは先程の通信版を差し出した。

第32回　調査報告

お尋ねの人物、キェルバンチョゲーニレフタ、通称キバレフは、ぺェ星カリフシティ、ドルフェ街に在住という情報を得ました。貴兄がカリフシティに向っているとのことでしたら、詳しくは御自分でお調べ願った方が確実かと思います。

次回調査用の料金を連邦五大銀行経由で支払っていただければ、更に調査を続けさせていただきます。

ケレルボビフェレンセスカイ殿

連邦中央調査センター連邦支店

「何だい、このキェルバンチョギ某ってのは」

「キバレフってんだ。昔の恋がたきさ」

「へえ、ケボスイに恋人がいたとはね」

「おかしいかい？」

「いいや、お前の過去については何も知らないし、何があってもおかしくないさ」

「ありがとう」

ケボスイは、俺がそういったのを本気で喜んでいるように、俺の眼をじっと見つめる。

「で、その恋人はどうしたんだ？」

「キバレフに殺されたんだ。三年も前に、テル星でね」

「テル星？」

「ああ、新しい植民星だ。未開発の荒っぽい所さ」

「知ってる。砂漠と深い谷のある星だ。谷の底に河が流れていて河の淵に街がある。それも植民地用の円型ビルが無雑作に河っ辺に立っているんだ」

「インジウムの取れる星だ。あの星で俺は大変な重労働をやっていたんだ。一攫千金の富を求めて鉱脈捜しさ」

「そんな所へどうして行ったんだ」

「そいつは一寸云いたくないんだ。なあ、山師になって新植民地へ行くような人間にゃろくな奴は居ねえって云うじゃねえか」

全くその通りである。二十一世紀の終り近くなって恒星間ロケットが発達するとたちまち人類の居住範囲は広くなった。しかし、地球を離れて遠くへ行く人間程だめな奴で、新しい植民地に飛びついて行く人間はまず犯罪者や失業者である。俺はケボスイの過去に何か暗い影を感じた。ケボスイはいい男で、頭もきれるだけに、よほどの事件が彼を植民地へ追いやったのに違いない。

ヴィジョンルームの星座は次々に形を変えて過ぎていく。その星々のどこまでが人間の手によって創り変えられつつあるのか見当もつかない。しかし宇宙の厖大さなど何の気にも止めず、人々はその至る所にただ開発に精を出し続けているのだ。

「カレンカってのは不思議な女だった。言葉じゃ云いにくいが、まあ植民地なんかによく居る女じゃない。地球から来た女なんだ。古い因習のかたまりのような地球から抜け出したかったってあいつは云っていた」

ケボスイはそう云って、ポツンとひとつ、ギターの弦をはじいた。

「俺には判らない、因習のかたまりなんてのはね」

「可愛い娘かい？」

「ああ、いつも酸素に取り囲まれているような娘さ。緑色の服を着て茶色い眼をしていた。その娘がキバレフの奴に殺されて、テレル河の河っ辺に流れついたんだ」

「それでキバレフに復讐しようってのかい？」

「そうだ、そのために船乗りになったんだ」

「カレンカってのは一体何者なんだ」

「それは今だに判らないよ。変な女さ。誰とでも平気で付合うし、もっぱらのうわさでは誰とでも平気で寝るって話だった。だけど誰とも長く付合わないんだ。キバレフって奴も、つまりはやきもちからあんな事をしたんだろう」

「で、お前とは、その……寝たりしなかったのか？」

「俺が？　俺は寝たりしなかったよ。あたりまえじゃねえか」

「あぜあたりまえなんだ。寝たっていいじゃねえか、誰とでも寝るのならさ」

「俺は本気でカレンカが好きだったんだ。判らねえのか」

「ああ判ったよ、怒るなよ」

「ビルエル、お前にたのみがあるんだ」

「何だ」

「カリフシティでの停泊日数を一日増して欲しいんだ。そして、その間俺に暇をくれないか」

「そいつはどうかな、俺は船長じゃねえからな」

「お前は船長代理だ。やってくれたらその代りお前のたのみは何でも聞くぜ。何でも云ってくれ」

「何でもたって、俺は、そうだな、俺の望みは陸《おか》へ上りたいって事ぐらいだ」

「陸《おか》か」

　ケボスイは暗闇の空間を通り過ぎて散っていく星の光を眺めながら呟いた。

「陸へ上がらせてやれるかも判らん」

「本当か？　陸で俺の仕事や住む所を都合つけてくれるのか？」

「ああ」

「いいだろう。何か一寸した事故を起せば一日ぐらい船を遅らせる事はできる。今の話が本当ならやってもいいぜ」

「嘘だと思うのか？」

「思わないからやるのさ」

ケボスイはいつものように陽気な笑顔を作って立ち上った。俺は手を差し出した。ケボスイの手は船乗りと思えないやわらかい手だった。


船乗りなら誰でも陸《おか》へ上がりたいと願い続ける。宇宙のど真中を通り抜けていく素晴しい夢を本当に誇らしく思うなら、どこか小さな星で、誇りだけを大切にしまい込んでささやかな生活に浸りたい。大きな夢と小さな生活、それが最も宇宙を冒瀆しない生き方だ。宇宙は素晴しい、それは夢なのだ。それが生活であってはならない。船乗りなら誰でも宇宙で生活する故に、宇宙を冒瀆しているような罪悪感にかられるのだ。

俺達は一年の九〇％を宇宙で過している。星から星へ無遠慮に渡り歩きながら、そうした広大な時間を耐え難い退屈と共に送っている。一年間もかかる旅はざらだ。そんな時、何の実もないカードゲームやマシンプレーに興じて時を過す。広大な宇宙の中でなぜ平気でカードゲームができるのか俺には判らない。しかし、たぶん判らないからこそできるのだろう。

俺達が宇宙を理解する瞬間もある。それはどこかの星へ着地する時と、星から宇宙に飛び出す時だ。着地の時にはまるで流れる溶岩に追いかけられて来た者のように安全な〝陸〟の都市へ逃げ込む。出発の時には巨大な夢の世界に入り込んでいくように期待を持つ。しかし宇宙の真中を飛んでいる時には、何も判らない。その時の俺達と宇宙の関係には考えただけでゾッとするような矛盾が充ちている。それはどんな論理でも、どんな感覚でもとらえる事ができない。

一体宇宙とは何なのだ？

この疑問は俺達が持ってはならないものだ。本気でそんな疑問を持ちはじめた奴は、いずれ発狂するに決っているからだ。

船乗りは大体仲が良い。特に俺とケボスイなどは殆んどいつもいっしょにいるぐらいだ。周囲から見れば船長代理の俺がめっぽう新入りを可愛がっているように見えるだろう。しかし俺はそう思っていない。俺とケボスイは本当の友人なのだ。

ケボスイが俺に好意を持つようになったのは彼が新入りとしてこの船に乗って来た時からだ。船乗りは仲間同志では文句なくうまくやっていくが、それだけに排他的だ。新入りのケボスイがろくすっぽ船の仕事も知らずに乗り込んできた時、みんなで彼をいじめた。無理矢理宇宙服を着せて空間へ放り出したり、自動装置をやたらと故障させて彼に雑用をさせる。俺は只、船長代理としての責任から彼をかばったが、彼はそんな俺をとても信頼した。しかし、今は誰もがケボスイのギターを聞きたがる。誰も彼を俺と同じぐらい愛しているようだ。

ケボスイは度々みんなの前で歌を唄った。開拓者のブルースをギターに合わせて唄うのだ。

「なあケボスイ」

一曲唄い終った時、俺はケボスイに云った。

「何だビルエル」

「キバレフって奴が憎いだろう」

ケボスイは答えずギターの和音を幾つか鳴らした。そして首を横に振った。

「憎くないのか?」

「ああ」

彼は面倒臭そうに云った。

「なぜ憎くないのだ？　なぜ憎くもないのに復讐するんだ？」

「それが目的で船に乗ったんだ。だからやるのさ」

「憎くないのに？　か？」

ケボスイは急に大きな音でギターを弾き始めた。早いテンポの情熱的なリズム、それは地球の土から生れ出たような音だ。土から樹木が生え、樹木には果実がなる。甘く酸っぱい果実と、それは似ている。

それはなぜか素晴しい。なぜかギターの音は宇宙の暗闇の空間を進んでいく船に調和する。まるでちっぽけな宇宙船が超新星のような輝やきを持って大銀河に語りかけているような、それともちっぽけな宇宙船だけが、自分を受け入れぬ宇宙空間の中で悶えているような、そんな何とも云えぬ不可解な音だ。それはなぜか忘れ難い音だ。

ケボスイのギターに画かれた赤い花は彼の爪先の動きに合わせてゆれ動く。ケボスイとギターと宇宙空間、それらは俺を感動させるが同時に得体の知れない代物だ。

突然ケボスイのギターの音が止んだ。彼は片手でギターをかつぎあげて宙針盤の青い光の上に座る。

「ケボスイ」

老いた機関士がひたいにいっぱいしわを作って云う。

「その花はなんだろうな、一体どこでとれるんだ?」

「さあね」

ケボスイは卒気なく云う。誰もが彼の口から「地味だ」という言葉を期待したに違いない。しかしケボスイはそのギターに画かれた花をわざと隠すようにして後手に持ち変え、立上った。

彼はいつも、船乗り仲間との雑談を拒絶した。俺などと一対一で話す時には快い笑顔で接するのに、仲間が集ってみんなで取りとめもない話をするのを嫌うようだ。彼は個人的な付合いならするが、仲間というものを持ちたがらないのだ。

考えてみれば、不思議な事ではない。誰だって仲間を持たねばならない理由などないはずだ。只、船乗りの場合はその職業的理由からいとも自然に仲間意識を持ち、それを自然と考えるだけなのだ。

ケボスイは部屋を出ると大抵プライベートルームに向う。そこでよく電子頭脳相手のゲームを行っている彼を見かける。

俺が彼の後を追ってプライベートルームへ行った時には、丁度ゲームを始める時だった。

「ビルエルか？」

ケボスイはいつもの笑顔に戻っていた。

「ケボスイ、地球へ行ったことはあるのか？」

「あるさ」

「地球ってどんな所だ？」

「惑星さ。どこにでもある星と同じだよ。ただの陸《おか》さ」

ケボスイは真面目な眼でゲーム盤を見ながら云った。

「ただの陸《おか》なのか？」

「ああ、銀河宇宙のどこへ行ってもあるような星さ」

俺はケボスイのこのドグマを付きつけられて混乱せざるを得なかった。地球もまたただの陸だ。確かにそれだけでしかないだろう。しかし、しかし俺は何か反論を捜さねばならない。といっても俺は地球を知らない。俺は話題を変えた。

「カレンカって娘も地球から来たって云ってたな」

「ああ」

「古い因習から抜け出したいって云ってたらしいな」

「ああ、あの娘は地球の古い家系で育ったらしい。乗馬やゴルフやパーティばかりの毎日がいやになったと云っていた」

「ほう。結構なご身分のお嬢さんて訳だな」

「そうだ。そんな生活がなぜ古い因習なのか俺には判らない。殖民地へ飛び出していった人間はまじめに働き廻り、人間の居住地を拡げていく。そんな中で地球の人間は自由な楽しい生活を送っているんだ。それはそれでいいんじゃないか?」

ケボスイはゲームの手を休めて俺の顔を直視した。彼は何かを思い出しながら話している。話している内容より数段深く何かを考えている。

「ビルエル。殖民地に働く人間は、自分たちが地球のために働いていると考えているだろうか?」

「さあ、たぶん自分自身のためじゃないのか?」

「そうだろう。なあビルエル、地球の人間は自分達と殖民地へ出て行った人間をはっきり区別している。一度地球を離れた人間に対し、何か特別の感情を持っている。それは、軽蔑のようであり、尊敬のようでもある。一体、なぜそうなったのだろう」

俺にはケボスイのこの疑問に答える事ができなかった。人間が宇宙へ出て行くという事が一体どういう事なのか俺には判らなかったからだ。

宇宙へ出ていった人間は只、それが義務でもあるように開発に精を出す。至る所に人間の手の跡をつけていく。一体なぜなのだ。

俺とケボスイはその疑問に解答を得ないままゲーム盤を見つめ、電子頭脳が動かす赤い帯の進路の予想に精を出した。予め様々な条件が示され三つの進路から一つを選択し、そのレバーを引く。そこは袋小路であるか、開放されたルートであるかは画で示される。今まで俺が見た画は二百十三号までだ。その日は二人の頭がとてもさえていて、ついに二百十三番目の分岐点まで来た。様々な条件から次の進路を第三ルートに決め、レバーを引いた。電子頭脳のランプが点滅し、スクリーンに画が現れた。二百十四号、その画はケボスイのギターに画かれた赤い花であった。

幾重にも開いた鮮やかな赤い花びらと、黄色い花弁、それはばらと呼ばれる地球の花であった。

俺とケボスイは思わず顔を見合わせた。そしてなぜかわりきれぬ、何か不満な、充たされぬ気持でその画をいつまでも眺めていた。そんな間にも宇宙船は何億キロメートルもの距離を光速以上の速さで飛んでいたのだ。

船はペエ星まで一光日に迫っていた。最減速区である。約七時間もすれば引力圏に入る。俺達はまた素晴しい時間を迎えようとしていた。陸《おか》が近づいているのだ。

俺もケボスイもレストルームで忙がしくなるのを待っていた。もう長い時間、ケボスイは口を閉じたままである。俺はケボスイの複雑な心情を察して話しかける事を控えた。

彼は憎悪を持とうとしているように思える。キバレフを殺す事を正しいと信じたいのだろう。本気になって憎み、復讐したいはずである。しかし彼にはどうしてもキバレフを憎めないのだ。いつか俺が、なぜキバレフを憎まないか聞いた時、ケボスイは云った。「キバレフは本気でカレンカを愛していたからだ。キバレフにとって誰とでも寝るような女を本気で愛する事は耐え難い事だったのだ」と。しかしそれならなぜ復讐するのだ?

俺にはケボスイが自分でもその疑問に答えられず悩んでいるのがよく判った。それだけに俺からケボスイに云う事はなにもない。復讐するかしないかはケボスイ自身が決める事なのだ。

長い時間の後、引力圏入りを告げるブザーが船内に鳴り渡った。レストルームに居た者はみんなおうように腰をあげる。しかし、みんな本当にその瞬間を待ち兼ねていたのだ。

俺も立ち上がると司令室に向った。ここからは人間が宇宙船を操縦するのだ。ケボスイも貨物の最終点検に向う。

「ケボスイ」

俺はたまりかねて声をかけた。

「何だビルエル」

「約束通りやるぜ」

「ありがとう」

俺は指令室に入った。ペエ星の人工衛星からの指令が入る。俺は応対を始めた。やがて軌道飛行に入り、検疫船とタグボートが接近する。

頭上には巨大なペエ星があった。

ペエ星は比較的古い植民星である。人口も少しずつ増加し、資源は開発されつくし、そこでは加工工業が芽生えていた。大規模な設備投資によって生れた総合工業センターは全く見事なものである。俺達の宇宙船は主として新興植民地からそういった中間植民地への原料輸送を行う。それはいとも機械的に為される仕事とはいえ、そのこまめに働く姿は、何と人間とは勤勉なものかと思わせる。何か月もかかって数十光年も離れた惑星から高々数千トンの貨物を運んでくるのだから。

それはアリの荷物運びに似ている。アリはあの小さな身体で、地球の広さも大地の意味も判らないいままただ勤勉に食料を運び続けている。しかし、それなら一体、アリはどんなつもりで何を考えて働いているのだ。

俺は着地までそんな事を考えながら、それこそ勤勉に働いた。まるで船を無事着地させる事が天命であるように一生懸命やった。やがて船は軌道を通って宇宙空港の一角に静止した。カリフシティに着いたのだ。

俺達は船から降りると、すさまじい熱気の中を駈け抜けてドームに入る。

そこで俺はギターを一時預けに預けているケボスイに気が付いた。俺は彼の肩にそっと手を置いた。

「行くのか?」

「ああ」

ケボスイはそういいながらも迷っている様子だった。

「ビルエル、俺がもし戻って来なかったら連邦警察に問い合せてくれ。たぶん留置所に居るからな」

俺が今更のように復讐というものの意味に気がついて驚いていると、彼は更につけ加えた。

「なあに、相手も犯罪者で逃げていた奴だ。そう長くぶちこまれることもないだろう。それに、たぶん保釈金でかたは付くさ。ただそんな時、船は俺に関係なく出発させてくれよ」

ケボスイはそれだけ云うと空港出口に向った。俺は唖然としてそれを見つめていた。

「ケボスイの奴、どうしたんだ?」

突然声がしたので振り返ると、通信係のドルブであった。

「ここで何か重要な用事があったらしい。暇をやった」

「ほう、積荷係が、荷降ろしの時に居ないとはね」

「俺が代りをするさ」

「へえ」

ドルブはいぶかし気に俺を見た。俺は真直ぐクレーン塔に向った。船はもうトレーラーでクレーン塔の近くに運ばれていた。積降し用の巨大な扉が開き、宇宙船の内部の空洞を露出している。

「おうい、何してるんだ。船が積いたらまずクレーンにあいさつするもんだぜ」

俺が入るなりクレーン係は大声で怒鳴った。

「済まない、管制室に用事があったんだ」

クレーン係は乱暴にハンドルを動かした。倉庫から勢いよく磁石クレーンが飛び出し、空洞に突っ込んだ。

「始めるぜ」

「ああ」

俺は急いで積荷帳を拡げて云った。

完全パッケージの施された積荷の荷降ろしは簡単であった。それは約三十分で終り、引き渡しの手続きも全て完了した。

俺はとにかく一杯やるために空港ロビーに向った。ロビーのカウンターは結構満員であったが、俺としては一杯やらなければ気が済まない。ペエ星のブルルン酒は何といっても天下一品なのだ。

俺はスタンドの後方からバーテンに向って云った。

「ブルルンダブルだ！」

「立ったまま飲むかね」

「ああ、どっか隅っこででもやるさ」

黄色とも緑色ともつかない透明な飲物、それはニンニクをドライジンで溶いたような味であるが、ブルルン酒の場合更に美味い。全く美味いとしかいいようがないのだ。

ペエ星にはこうした酒の他にも色々な特産物があった。人口の多い、発達した植民星だけに街自体もかなり大きく、様々な商売が営まれている。同時に新興植民星にはない様々な害毒も存在していた。失業者、物乞い、それに多くの犯罪者までこの星は抱えている。

キバレフが殺人を犯した後、この星へ逃げてきたのも、この星の有名な暗黒街が犯罪者にとって居心地のよい所だったからだろう。普通、犯罪事件の刑事問題は星毎にある自治体警察に任されており、一つの星から脱出すれば広大な宇宙のどこへ逃げたか見当もつかず、そのままうやむやになる事が多い。キバレフの場合もその類である。だからケボスイも復讐というような古典的な正義の手段をとらざるを得なかったのであろう。

それにしても憎くもない相手を、ただ死んだ尻軽女のために殺し、自分も犯罪者になるなんて馬鹿げた事ではないだろうか？　むろんそんな事はケボスイにだって判っているはずだ。しかし彼はそれをしなければならないのだ。なぜだろう。

彼は愛しているものを失った時、何かそれに代る保証が欲しかったのでないだろうか？たぶんそれが復讐だったのだろう。愛する事ができたのなら悩む事もできたはずだ。本当に愛していた事を証明するために憎まねばならなかったのだ。愛と憎悪は最も人間的な、相反する情熱ではないか！

もしケボスイが復讐を果たしたとすれば、彼は自分にカレンカを愛していたという証しを立てる事になるだろ。それは、例えばカレンカの罪、植民星の開放感に身を任せていった彼女の欺瞞に対する反論であり、彼が果し得た真実というものの立証ではないのか？

その日、ケボスイは空港宿舎に戻らなかった。俺はただぼんやり、とりとめもない事を考えて夜を過した。それでもなかなか眠れなかったのは、ただ単に陸《おか》で久し振りに寝たからだけとも云い切れないだろう。しかし睡気が襲ってきた頃から、ケボスイは復讐しないで帰ってくるのではないかという確信めいたものを持ち始めていた。例えそれはケボスイの愛が嘘である事を証明するだけであっても、それでしかたがないのだ。

翌日、俺が疲れ切ったまま眠り込んでいる所をケボスイに起された。

「ケボスイか、心配していたんだぜ」

ケボスイはまたあのギターを持っていた。ギターを俺の眠っているベッドの上に投げ出し、吐きすてるように云った。

「殺さなかった」

「やっぱりそうか」

俺は起き上がりながら、小さく云ってケボスイの次の言葉を待った。しかし彼は何の云い訳をしようともせず、ソファに腰を降ろしてただ焦点のない視線をいずこかへ向けていた。

「これからどうするんだ?」

俺は云った。

「このまま、船に乗っていたい」

ケボスイは云った。俺はゆっくり頷いた。

「お前はどうする? 陸《おか》へ上がるのならちゃんとした奴に紹介してやるぜ」

ケボスイが云い、俺は答えた。

「いや、まっぴらごめんさ」

俺はケボスイのギターをいつも彼がしているような格好でかかえてみた。ケボスイは笑いながらギターを取り、その弦を調節し始めた。

ケボスイがギターを弾き始めると、その音を聞きつけて、次々船の奴らが集って来た。

「ああ、陸《おか》に居てもケボスイのギターだけが楽しみだとはな」

ドルブが云った。

「全く陸って所は一日でもよけいに居ると身体をもてあますぜ」

老いた機関士が云った。


その日の夕方、船はカリフシティを離れた。タグボートに曳航されて陸から飛び出し、軌道飛行から宇宙空間に向けて長い旅に出た。

いつもと同じような退屈な、全くやりきれない旅である。そんな中でケボスイのギターだけがみんなの楽しみであった。

それはやはり、広大な宇宙の中を飛んでいく俺達が生を実感し、或いは宇宙を忘れさせ、或いは宇宙を克服させるような何かを持っているからだ。

ケボスイ自身は、もう以前のような宇宙を馬鹿にしたようなおおらかさが失われ、ドルブなどと同じただの何でもない船乗りに変りつつあった。みんなと同じように、宇宙をのしり、宇宙を恐れ、それでいてぬけぬけと広い宇宙空間をカードゲームに興じながら通って行く、そんなまじめな船乗りになってしまった。

彼自身もそんな自分をよく知っていたに違いない。彼はただ宇宙の片隅であのでっかい花の画かれたギターを弾き続けた。その音が昔よりますますさえて聞えるのは、ケボスイがやっと本当の船乗りになったからだろう。

どうしてそう云えるのか俺にもよく判らない。しかし、まあ正気で船に乗っていようと思うならば、そんな余計なせんさくはしない事だ。

それより、彼の奏でるギターの音にでも聞きほれていた方が、ずっと有意義ではないか。

箱の中のX　四百字のX—1

Kは会社にいる時も家へ帰ってからも、便所に入る時すら手離さない小さな箱を持っている。箱の中を誰にも見せず、尋ねると「Xが入っている」というのである。秘密にされるとよけい知りたくなるもので、会社の慰安旅行の時、同僚のMが眠っているKの枕元に忍び込んで箱の中を覗いてきた。ぼくはMに何が入っていたのかを聞いたが、彼も「Xだ」というのだ。次の日からMも小さな箱を持ち始めた。いや、Mだけではない。よく注意してみるとラッシュの電車の中でも競馬のスタンドにも、小さな箱を大事そうに持っている人間はかなりいる。しかもぼくにはどうしても中身を見る機会が訪れなかった。いつか会社の中でも箱を持つ者がふえて、ぼくだけがとり残されていくように思える。遂にぼくはたまりかねて一番力の弱そうな男から無理に箱を奪い取り、そのまま便所の中に逃げ込んで中から鍵をかけた。そして、そっと箱を開いてみた。
――中には、Xが入っていた。

X塔　四百字のX—2

奈良県橿原市の小さな山に埋れた小さな円柱の塔が発見された。鮮やかな純白の塔であるが、一体いつ何の目的で作られたものか判らない。更に判らないのはその塔を作っている素材だ。石でもなければ土でもなく、また金属でもない。奇妙なその塔は発見された日から少しずつ崩れていくのだ。政府ではとにかく重要文化財に指定してそのX塔の保護を命じた。あらゆる保護方法が試みられた。セメントやのり、合成樹脂による補強、薬品による強化、全て役に立たなかった。X塔は崩れ続け、くだけた粉は気化して跡形も残さない。考古学者、物理学者など日本中の科学者がX塔を研究した。しかしやはり何の手掛りも得られない。塔の周囲をドームで囲み、真空無重力状態の中で保護することを試みた。それでも塔は崩れ続け、遂に完全に崩壊した。その間の研究成果は全くなく、要した費用は文部省予算の三〇%を占めていた。問題は、次にX塔が発見された場合どうするかだ。

同窓会X　四百字のX—3

高校時代同級だったSが死んだと聞きましたので、葬式に出ました。古い友人たちに逢えてなかなか有意義な時間を過しました。帰りに一人になってから、ふと五年前にSが自殺したという話を聞いていたように思ったのです。しかし、むろん間違いでしょう。葬式があった以上Sはその前日まで生きていたはずです。そしてそのままそのことを忘れてしまいました。

五年たちました。或る日新聞広告にSの死亡通知が出ていました。今度ばかりは同級生みんなが驚きました。さっそく出掛けていって確かめてみると、やはりSに間違いありません。葬式を主催しているのは五年前にSと結婚した彼の夫人でSの過去についてはよく知らないといいます。みんな訳の判らないまま葬式を済ませて帰りました。そして、また忘れてしまいました。どうでもいいことだからです。自分に関係ない以上どうでもいい……。

また五年たちました。もうそろそろＳの四度目の葬式がある頃です。

3
21世紀の画家M・C・エッシャーのふしぎ世界

「エッシャー（1898～1972）オランダ生まれ。はじめ建築を学ぶが、版画に移る。38歳の時、写実から内的イメージの追求へ。長く評価されなかったが、死の10年前から人気が出はじめ、死後、ブームを呼ぶ。特異な超芸術家。」……初出時の『GORO』より。

のんびり酒を飲んでいるやつもいる。一日中チェスをしているやつらもいる。逃げ出そうなどとさえ考えなければ、ここはまず天国だろう。だがこのおれはずっと逃げ出すことばかり考え続けてきた。

逃げ出そうとすれば、あのエッシャー階段が待っている。

階段はいたるところにあり、おれは片っ端から上ったり下ったりしてきた。本当にそれを上るか下るかできるのなら、もうとうの昔にここを脱出していたはずなのだ。

確かに階段の一段一段を踏み上っていくことはできる。そしてその上の階とおぼしきところにたどりつくことも可能だ。そこは下の階とは違っている。ベランダと回廊があって、ベランダでは二人の男が中庭を見下ろしている。回廊の先にはまた階段がある。おれはそれを上っていく。今度は広間に出る。広間の片隅にはおれのここでの友人が寝ころんでいる。おれが声をかけると薄眼を開けて「よう、また下ってきたのか?」という。「いや、上ってきたんだ」とおれはいう。そして二人で笑い合う。「おまえはここを最高に楽しんでいる人間だな」と友人はいう。

確かにそうかもしれない。もうここを脱出しようと考えているような人間はおれだけになってしまった。おれだけがエッシャー階段にシリアスな関心を持ち続けているのだ。

おれは友人と別れて広間の奥の階段を上る。明るい日射しの中に出る。最初にここへ出た時には脱出できたと思ったものだ。だが、そこは先程おれが見下ろした中庭だ。見上げるとベランダの二人の男が虚無的におれをみつめている。

この中庭の周囲にも幾つかのエッシャー階段がある。そのどれを上っていっても、下っていっても、いずれあの広間やベランダや、この中庭に出てくることになる。まあ急ぐこともない。こんな矛盾が許されるはずはないのだ。おれは階段を上り続けてやるさ。

端のない河

ハイウエーは田舎道の途中から突然始まって、もう20キロも続いている。車はまったく走っていないし、道路標識すらなく、それはハイウエーというよりも、滑走路とでも呼ぶべきものである。私はその速度制限のない道で、十分サーキットを楽しむことができた。遠くから眺めていた時には道路の右側にあった広告塔が、真下まできて見上げると、いつの間にか左側に移っていた。おそらく、まっすぐと思っていた道がすこし曲がっていたのだろう。

やがて、その広告塔の先でハイウエーは終わっていた。終点もまったく唐突なもので、大きな河の岸まできて、急に途切れていた。いずれここに橋をかけて対岸に渡れるようになるのだろうが、まだ橋桁の工事すら始まっていない。

私はUターンをして引き返した。帰りは更にスピードを出してみるつもりだった。

しかし、私は長くアクセルを踏み続けることができなかった。先程左側にあった広告塔が、逆方向からきてもやはり左側にあったのだ。私は窓の左に広告塔の巨大な鉄柱を眺めながら、スピードにまぎれて感覚をおかしくしてしまったのだと考えた。

広告塔をすぎると、間もなくハイウエーは終わった。眼前には空虚に広がった河があった。しかも、その河は先程行きあたった河よりも幅が狭く、ちょうど先に折り返した場所の上流にあたる場所のように思えた。

私はもう一度Uターンして左側に広告塔をみて車を走らせた。そして更に上流の河岸に行きついた。それから何度、その道を往復しただろう。常に広告塔が左側にあり、行きつくところは河岸だった。河幅だけは確実に狭くなっていき、いつか小川のようになり、最後には滝に出合ってしまった。滝は広告塔と同じ高さからかなりの水量を落としており、ハイウエーの端まで水しぶきをまき散らしていた。

私は車から降りて、いつまでも滝を見上げていた。

鳩に飼われた日

なにやらバタバタと騒がしい音がするので眼が覚めてしまった。部屋の中では鳩が飛びまわっている。私は鳩など飼っていないし、寝る前に窓を閉めているはずなので、これはどうしたことだろうと思ったが、やはりどうしたことかわからなかった。私はねむい眼をこすって窓や扉を確かめて、もう一度ベッドに入った。鳩は出口を求めるように狭い部屋の中で暴れまわっており、室内には羽毛が飛び散っていた。私は窓を開いて鳩を出してやろうとかと考えたが、鳩が窓から入ってきたはずはないので不自然だと思った。鳩は入ってきたところから出ていくべきである。私はもう一度ベッドから出て朝食をとるためにキッチンへ行った。部屋の窓は開けておいたが、鳩はキッチンの方へはやってこずに、相変わらずベッドルームの壁のあたりで何かに向けて闘っていた。トーストとハムエッグを食べて、コーヒーを飲んでから、もう一度ベッドルームへ戻ると鳩はいなくなっていた。羽毛がベッドの上に散らばっているので、鳩がいたことは確かであり、キッチンへ飛んでこなかったことにも疑うところはなく、鳩は現われた時と同じ方法で消えたのである。部屋のどこかに鳩が出入りできる秘密の通路があるのだろう。だが、それでどういうことになるのだ。これは手品としては見事なものといえるが、それ以上にどんな意味があるというわけでもない。ただ鳩が正しい手続きで私の部屋に入ってこずに、非常識な方法で入り込み、暴れまわって出ていったというだけではないか。――そう考えながら私は再びベッドにもぐり込んだ。朝食もすませたので仕事にかかるべきだろうが、なぜかそんな気持ちにはなれない。やはりあの鳩のせいなのだろう。私はもう眠くもないはずなのにもう一度眠ってしまった。それもまた鳩のせいかもしれない。次に眼を覚ました時、また鳩が飛びまわっていた。だが鳩は先程のように暴れまわることなく、壁にぽっかり開いた穴にとまっていた。ついに鳩の奴はこんなところに穴を開けてしまったのかと思って、ベッドの上に起き上がってのぞいてみた。鳩は私によくみてみろというかのよう身をよけて首を曲げた。穴の向こうにも私の部屋があり、ベッドの上では私が周囲を眺めまわしている。付近には鳩の羽毛が飛び散っていた。――鳩は部屋の中を飛びまわってもう一度穴の縁にとまった。そして慣れ慣れしく私の顔を眺めるのだ。私はその鳩を飼ってやらなければ仕方がないと思った。

箱の訪問者

私の家の前に男が立っていた。運動選手のように立派な体格をした無表情な男だった。いつまでも立ち去ろうとしないので、私に何か用事があるのかどうか訊ねてみた。男はうなずいて私の家に入ってきた。私はどういう用事だろうかと訊ねた。男は黙ったまま再びうなずいて玄関に座り込んだ。私はセールスマンならおことわりだといった。男はまたうなずいて靴を脱ぎ始めた。私は無断で上がり込むなといった。男はうなずいて靴を引っぱった。男の靴は膝の部分からスポッと抜けた。よくみると靴だけではなく、足が抜けていた。どうやらそれは義足であったようだ。おそらく義足の具合が悪くなってこまっていたのだろう。私は怒ったことを謝った。男はうなずいてもう一つの靴に手をかけた。そしてそれも足とともに引き抜いた。両足ともに義足で、よく杖も使わずに歩けるものだと感心しながら、私はゆっくり休んでいくようにいって台所へ飲み物をとりに行った。戻ってくると、男は二本の足を小さく折りたたんでいた。私は飲み物を出しながら何か手伝うことはないかと訊ねた。男は首を振った。どうやら口もきけない様子である。

男は足を小さくまとめると、胸のあたりを苦しげにまさぐり始めた。私は医者を呼ぶべきかどうか訪ねたが、男は首を振っただけであった。やがて苦しみがおさまったのか、両手を床について身体を持ち上げた。身体は胸の部分で二つに分かれ、手と肩から上の部分が胸から下の部分を残して移動した。ロボットだったのかと私は訊ねた。相手はうなずいて胴部をまとめ始めた。胴部は箱状になり、その中に先程引き抜いた足がおさまった。ロボットの腕は次に首を引き抜いて胴部の箱に入れた。そして最後に再び両手を突いて箱の上に乗り、両手を折り曲げて箱にもぐり込んだ。

やがて最後の指先が箱の中に入ると、パチンと音がして箱が閉じた。そののちは、どこをどう動かしても箱が動くことはなかった。

船室での進化論の実験

❶船室は満員だった。港を出た時にはみんな静かに読書をしたり会話を楽しんだりしていたのだが、陸地がみえなくなるあたりで誰からともなく酒を飲み始め、やがて船室の全員に酒はまわっていった。次に誰かが踊りを始めると、次々と船客は立ち上がって人混みをかきわけながら踊り始めた。船が揺れるうえに酔いがまわっており、しかも混雑しているので、みんなひょろひょろと手を伸ばして互いの肩や腕につかまった。手が長く伸びて、みんな**手長猿**になっていた。

❷それでも船は揺れるし、酒がまわっているし、混雑もはげしいので、いかに手でつかまり合っても立っておれなくなり、誰からともなく四つんばいになって歩き始めた。四つんばいになるとお尻が突き出ていてどうも安定しない。結局のところ、みんな尻尾を出して重心を保つことにした。そして**犬**になった。

❸それでも船の揺れははげしく、酒がまわっているし、混雑がはげしい。特に、みんな四つ足になったので首が人混みの中に埋まってしまって息苦しくなっていた。そこでみん

な首を上に伸ばして鹿になった。
❹それでも船の揺れがはげしく、酒がまわっているし混雑がはげしい。みんなあまり動きたくなくなってうずくまり、もぐらになってじっとしていた。
❺船は嵐の中に突入したのか、さらに大きく揺れ動くようになった。だからうずくまっていてもころころと転がって壁にぶっつかったり互いに重なり合ったりする。そこでみんなは甲羅の中に閉じこもって亀になった。
❻嵐はおさまったが、もう四つ脚では歩きまわれないほど疲れてしまっていた。仕方がないのでみんなもう二本の足を出してゴキブリになった。
❼船が目的地に着くまでに、みんなプランクトンになって海へ入っていった。だから船は空っぽで入港した。プランクトンになった人々は海の中を漂いながらようやく楽になったと思っていた。

不毛の恋

眼が覚めたと思ったのに、まだ夢の中だった。何度もみている夢なので、それが夢だということはすぐわかる。私はいまバスに乗っているのだが、もうすぐバスが停まって、私は降りることになっている。降りないでバスに乗り続けようと思っても、急に私の視界が客観的になってバスから降りている私自身の姿を眺めているのだ。

バスから降りてラーメン屋に入る。これも何度もみている夢と同じだ。うす汚れたラーメン屋で奥には女の客が一人いる。ラーメンを作っているのも二人の女で、私の注文によって一人の女がラーメンを作ると、もう一人の女がそれを食べてしまう。これもいつもと同じである。最初は驚いたものだが、同じ夢を何度もみているとまったく感動がない。また、あまりうまそうなラーメンでもないので、私は食べたいとも思っていない。

奥にいた女客は私のラーメンが食べられてしまったので笑っている。私は「仕方ないさ」という。私はその女とともにラーメン屋を出る。そして坂道を下っていってトンネルに入る。トンネル内にはベルトコンベアのようなものが動いていて、なぜかベッドまである。私と女はベッドで横になる。女は「早くしてよ」という。私は「できないんだ」という。若くて可愛いい女なので、私は嫌いではない。だから私自身にもなぜできないのかわからない。女は怒って、「ヒーターを切ってよ。何もしないのなら暑くってしようがないわ」という。何もしないと暑いというのも不思議であるが、夢の中ではそういうこともあるのだろう。「これは夢だからできないんだ」と私は女にいうと、女は納得してくれた。「あなたが好きなのに残念だわ」と女はいう。「ぼくもだ」私はそういって女と別れる。なぜそこで別れたのかわからないが、私はその後ずっと彼女を捜し続けなければならない。

私は再びラーメン屋に戻り、先ほど私のラーメンを食べてしまった女を殺してしまう。しかし、それが何の解決にもならないことはわかっていた。私は別れてしまった女を捜すために、ラーメン屋の裏の崖を下っていく。以前は怖ろしい崖だったのだが、この夢に慣れてしまってからはまったく恐怖を感じることもない。崖下には殺したはずのラーメン屋の女が待っている。そして、その後どうなるのか私にはわからない。ここでいつも眼を覚ましてしまうからだ。私はただ眼を覚ます瞬間を待っている。(始めに戻る)

氷のビルディング

急斜面を登り切ると茶店があったので一休みすることにした。茶店のおやじさんは左手に蛇をまきつけて「ほら」といって差し出した。私も左手でタバコを差し出して「ほら」といった。おやじさんは「ありがとう」といってタバコを一本とった。私がジュースを注文すると、おやじさんは「もうすぐ頂上ですよ」といってジュースを出した。私はジュースを受けとったが、それは私の手に渡ったとたんに蛇になった。仕方なく私は蛇を飲んで出発した。

樹林の中のゆるやかな道が続いていたが、腹の中で蛇があばれているようで気持ちが悪かった。間もなく山から降りてきた二人連れに出合ったので、私は「ほら」といって左手を差し出した。私の左手には蛇がまきついていた。二人連れは不快げに首を振った。そして私にみせつけるようにザックからとり出した罐ジュースを飲んだ。私はもう一度蛇を飲んで出発した。

ブルドーザーが造成地を作っている崖を横切って急な岩場にかかると、上の方で数人の男が岩にすがりついているのがみえた。岩場の男の一人は、「いよう、蛇男！」といって私をからかった。私は左手を上げて蛇をみせた。男たちは大声で笑って岩から転げ落ちた。岩は男たちから解放されて伸び上がり、巨大な塔のように大空に向けて突き立った。

蛇は私の手から抜け出て岩の塔を登っていった。私も蛇のあとを追って岩をよじ登っていくと、岩にはたくさんのアンモナイトの化石が埋まっていることがわかった。アンモナイトの化石が足場になったので、私は簡単に岩の頂上に立つことができた。

頂上は素晴らしい見晴らし台だった。

周囲の山々には雪が残っていて、雪が白く光っている。更に彼方には山々よりも高くそびえ立ったビルディングの群れがあった。ビルは氷でできているのか、山々の雪よりも更に透明に輝いていた。

蛇が罐ジュースになっていたので、私はそれを飲んでようやくのどの渇きから解放された。

岩の下から、先程転落した男たちがよじ登ってくる。私は「ほら」といって左手を突き出したが、もう蛇はまきついていなかった。蛇はジュースになってしまって、私が飲んでしまったのだから当然である。男たちは私をにらみつけながら、アンモナイトにハーケンを打ち込み、少しずつ私に迫ってきた。

戦場からの電話

受話器からさまざまな雑音とともに、「あっ、やっとつながった」という声が聞こえてきた。「どなたでしょうか」と私が訊ねると、「第十二解放戦線第三遊撃隊のKというものです。救助をお願いしようと思ってずっと電話をかけていたのですが、もう間に合いません。電話がつながっただけで満足ですから、どうか切らないでください。この回路だけが通じているのです。お願いします。そちらはどこですか？　日本語が通じるのですね」と電話の相手がいった。

私は当惑しながら答えた。

「えっ、ここは東京です。そちらは？」

「こちらも東京です。東京の杉並です。私は今、ビルの一室に隠れています。窓の外には政府軍のゲリラ探知器が飛びまわっていて、どうやら何度か私を発見しているようです。第三遊撃隊はほぼ全滅しました」

「こちらも東京の杉並ですが、ここでゲリラ戦があったというニュースは聞いていていません。杉並に限らず、東京のどこにも、日本のどこにもゲリラ戦などないようですし、発生の兆候もありません。おそらくあなたの発見した回路はいんちきでしょう」

「そうですか。なにしろ戦場では電波があまりにも複雑に飛び交っていて妨害のためのいんちき電波も多いので、そんなこともあるのでしょう。どうも平和な世界に大変失礼いたします」

「どういたしまして、ただ、私にはあなたの状況をシリアスに考えることができないもので、どうしても興味本位的な関心しか持てないのですが、一体キリスト生誕から何年目に東京でゲリラ戦が始まったのでしょうか？」

「1976年です。そちらは？」

「えっ、現在です。つまり、そちらは――」

「正確には1970年から始まっていたのですが、政府が単に政治犯罪という認識から、戦争状態という認識に変えたのが今年です」

「よろしければ、あなたの住所と名前と年齢を教えてください。こちらの世界にも同人物がいらっしゃるかどうか調べたいのです」

「結構です。ただ、政府軍のトラックが到着しましたので急いで書きとってください」

そういって相手は住所と名前と年齢をいったのち、丁寧に例をいってから電話を切った。相手は終始冷静で、私の一方的な質問に応じてくれた。たとえこれが悪ふざけの電話であったとしても演技賞ものである。私はさっそく電話の相手と同じ姓名の人物を捜してみることにした。住所は私の家からさほど遠くない。

電話の相手の人物Kは、確かにその住所にいた。しかし、彼は私の訪問の前に警官に連れていかれたところだった。私が行った時もまだ警官が残っていたので、私も仲間と思われて警察に連行された。そして警察で私は、この東京で大規模なゲリラ戦が始まろうとしていたことを知ったのである。

私はKの仲間であると自供し、拘置所の中でゲリラ兵となった。

永久運動機関は存在せず

永久運動機関はいかなるエネルギーも消費してはならない。エネルギーを消費すれば永久運動機関とはいえないのである。しかも機関というからには歯車なりベルトなりカムなりが動かなければならず、歯車やベルトが動くということはそこに摩擦が生じることになり、また動くということは空気抵抗をもともなうことになるはずだ。従って永久運動機関は動き始めたとたんに摩擦や空気抵抗によるエネルギーの消耗をさけることはできない。エネルギーを消費せずに、こうしたエネルギーの消耗をどうして補うことができるのだろうか?

にもかかわらず、私の眼前では永久運動機関が堂々と活動を続けている。私の友人がそれを完成させたのだ。今のところそれは時計程度にしか使えないものだろうが、「いずれ大型のものを製作すれば発電もできるはずである。幾つもの歯車を使っているので摩擦によるエネルギー消費は大きいはずだが、友人は「なあに、自然消耗は自然から取り戻すのさ」という。

彼の説明によると、物質の内部では常に分子が勝手勝手に動き回っているので、この分子の動きに方向性を与えればよいというのである。だから彼が作った永久運動機関は、一つ一つの歯車が自分で回転し続け、歯車の数が多ければ多いほど機関の運動も活発になるというのだ。

もちろん一つ一つの歯車の動きそのものは摩擦による抵抗と同程度の力しか発揮しない。分子の活動に方向性を与えるといっても、すべての分子が命令に従うわけではなく、正に方向性を与えるという程度のものでしかないのだが、それが多数集まるとはっきり機関と呼べるような活動を生み出すというのである。

彼の作った歯車はプラスチック製で、渦巻状の模様がついていた。その渦巻模様が分子活動の方向性なのだろう。そしてプラスチック材が特殊な化合物なのだ。わかりやすくいえば、紙を空中に投げても空気抵抗を受けながらどこへともなく落ちていくだけだが、紙飛行機の形に折れば空中で方向性を持って飛んで行く。プラスチック化合物もあるタイプの結合によって分子の前と後が生まれ、前の方向へ向かって動くというわけである、この活動に遠心力が作用して、歯車はほぼ安定した回転を示すことになる。

「なるほどね」私は頷いた。彼の説明にどこか矛盾があるようにも思えたのだが、こんなことは考えてみたこともなかったので、よくわからない。なんといっても、私の眼前で永久運動機関なるものが動いているのだから、例え論理で否定することはできても、否定する論理の方が矛盾することになるだろう。

「しかし、分子が外へ外へと出てくると歯車は膨張していくのではないのかね」

私がいうと、彼は笑いながら答えた。

「それが面白いんだ。この分子は空気との接点で変質して、ちょうど紙飛行機がつぶれてしまった時のようにストンと密度の低い中心地へ落ちていくんだよ。そして、そこでもう一度安定した原形に結合し直すんだ」

彼がその永久運動機関を作ったのは、もう何十年も前のことだ。その後彼は行方不明になり、永久運動機関に関する書類も模型もすべて消えてしまった。ＣＩＡとか宇宙人とかにさらわれたという説もあるが、実際のところ永久運動機関などというものができるはずはないのだから、それを作った人間なども存在するはずはない。事実、私が区役所で彼の戸籍を調べてみたが、そんな人物が存在したという記録はなかったのである。

ヘミングウェイ的でない老人と海

大切にしていたコインのコレクションを間違って捨ててしまった。清掃局に問い合わせると、分別ゴミなら埋立地に捨てられているという。とても捜しきれないだろうというが、私としてはどうにも惜しいので出かけることにした。

タクシーで何度も橋を渡って海の方向へ行くのだが、どこまで行っても海はみえてこない。周囲に建物もなくなって、広大な荒れ地に草が生えているだけの砂漠のようなところに出た。東京にこんな大地があるのかと思ったが、どうやらそこは新しい埋立地らしい。やがてタクシーが停止すると、プレハブの家屋があり、更に先には土の山がみえた。私は造成中の埋立地に着いたのである。

タクシーの運転手に千円札を3枚手渡して3時間後に迎えに来てくれるようたのみ込んだ。運転手は愛想よく手を振って戻っていった。

プレハブの家屋にいた都の係員に最近の杉並区のゴミがどこに捨てられているのかと聞くと、約2キロ先にあるゴミの山あたりだろうと答えてくれた。

そして私はぬかるみの中を歩き、次にはゴミの山に入っておよそ新しそうなゴミを捜し始めた。

捜し始めて間もなく、私はタクシーが迎えにくる時間になってしまったことに気付いた。もう戻っても無駄だろうと思いながら、私は更にゴミの山に進んでいた。

ゴミの山にはミシンやプラスチック風呂や自転車があるし、開箱されていないリンゴや中味が入ったままのコーラやビールすらあった。クズ鉄は鉄工所へまわるはずだし、中味の入ったビールなどは売り物になるはずだが、数多いゴミの中にはそういうものも混じってしまうのだろう。私はビールを自転車のブレーキにはさんで栓を抜き、リンゴをつまみにして飲んだ。のどが乾いていたのでとてもうまく、もうそれ以上コインを捜し回る気がしなくなった。

私は更に2~3本のビールを持って先へ進んだ。埋立地の奥には堤防があり、その先は海だった。堤防では老人が釣りをしていた。

「何が釣れるのですか」

私が尋ねると、老人はアイスボックスを開いてみせた。ボラが数匹入っていた。

「ほう、うまそうなボラですね」

「こんなもの食うのかね」

老人はいった。

「ビールがありますよ。そいつを焼きませんか」

私がいうと、老人は大喜びでたき火を始めた。そしてボラを食い、ビールを飲んで日が暮れた。

私は老人と別れてゴミの山へ戻り、スクラップ自動車のシートで眠った。

次の日は更に多くの食料や衣類を捜し出し机やプラスチック波板を使って家を建てた。夕方には老人と会って、ビールを飲んでボラを食べた。そして私のそこでの生活が始まった。

いつからか老人が釣りにこなくなったので、私は彼を捜しに街へ行ってみることにした。プレハブの埋立地事務所には人の姿がなく、一日がかりで街へ歩いて行ったのに、どこにも人の姿はなかった。街は崩れたビルや自動車のスクラップばかり散乱したゴミの山だった。仕方なく私は埋立地へ戻った。そしてもう二度と街へ行くことはなかった。

鳥を釣る熊さん

牧場の若い男が「奥の池では魚が鳥にばけるんですよ」というので、「エッシャーの絵ではあるまいし」というと「では見に行きますか」といって牧舎からジープを引き出してきた。

牧場の奥と男はいったが、川ぞいの道を約三十分さかのぼり、そこでジープを乗りすてて細い山道を更に一時間も歩き、やがて山道も消えて熊笹をかきわけてようやくたどりついたのがその池だった。

対岸まで僅か三十メートル程度の小さな池だが、緑色の水を重々しくたたえ、周囲は小さな雑木にとりかこまれて美しい静寂の中にあった。

「つれそうでしょう」といいながら男は二本の粗末なつり具を出した。それは細い竹竿にテグスと針がついただけの金魚つりぐらいにしかつかえそうもないものだったが、男は木の根に腰を降ろして楽し気に笑いながら池に糸を下げた。

「鳥にばける魚をつるんですか?」と私がいうと、「さあ、あいつがつれるかな」といった。

私もつり糸を下げたが、男の言に反してなかなかつれなかった。まあえさもつけないのだから当然といえば当然だが、何かその男にだまされたようで腹立たしかった。それにここまで来るのに一時間半もかかったのだからそろそろ戻らないと日が暮れてしまいそうである。

「もう帰らないと日が暮れるでしょう」と私がいうと、男は少し考え込むように首を傾けて、「道は夜でも大丈夫ですよ。熊にさえ出会わなければどうということはない」という。「熊が出るんですか？」私がいうと、「ええ、もちろん出ますよ。ここは北海道ですからね」「それで、熊に出会ったらどうするのですか」私がいうと「それはだめですよ。あきらめなきゃ」といって笑った。

　私はひとりででも先に帰りたいと思ったが、道に迷わずに帰れる自信はない。それで仕方なく、いらいらしながら水面の糸を眺めていた。やがて予想通り日が傾いて周囲が暗くなってきた。その時、池の中央付近で少し水がゆれ動き、波紋が拡がったと思うと、急にそこに魚がはねた。薄暗くなった水面の上でそれは銀色に輝やき、次の瞬間には白くなって池の水を飛んでいた。疑いもなくそれは鳥にばけたのである。私は男に眼を向けると、そこでつり糸を下げていたのは大きな熊だった。熊はとがった鼻を私に向け、薄闇で急に光り始めた鋭い眼を私に向けた。

鳥を保護しましょう

私は通りがかりの見知らぬ老人を殺してしまった。

おそらくあれは私の妄想だったのだろう。だが、老人が私に近づいてきた時、なぜか私を殺そうとしているのだと思ってしまったのだ。

日曜日のビル街には他に人の姿はなかった。私の殺人を見ていたのは、信号灯の上にとまった一羽の鳥だけだった。あれは何という鳥なのだろう。少なくとも街中では見かけたことがない鳥だった。長い意地の悪そうな口ばしと、奇妙に人間に似た眼を持っていて、その眼が私の殺人をとがめるように見つめていたのだ。

老人の死体はビルの鋼鉄のシャッターの下に投げ出され、コンクリートにたたきつけられた首が折れてゆがんでいた。

私はこの殺人もまた妄想であると信じようとしながら歩き始めた。

大通りへ出ると人も歩いているし、車も走っていた。私はそんな人や車の中にまぎれ込んだ。だが、およそ一キロも歩いた時、ビルの上の広告塔にとまって、私をじっと見おろしているあの鳥を見つけてしまったのだ。

私は鳥の視線をさけて地下鉄に入った。地下鉄は買物客などで混雑していた。私は混雑にまぎれ込んだことで安心感を得た。さすがに地下鉄の中まで鳥が追ってくることはなかった。


次の日の新聞には、老人の変死が伝えられていた。老人は殺人事件のあったビルの持ち主で、他にも幾つかの会社を経営している大物だった。警察の捜査では老人が何かの理由でそこに呼び出され、計画的に殺されたのだと推定していた。老人は何かの弱味を犯人ににぎられていて、一人で犯人と会う必要があったのだそうだ。

まさか通りがかりの私が犯人だとは警察も思わないだろう。あるいはあの時、老人が私を殺そうとしていたのかもしれない。私は老人を脅迫していた人物と間違われたのである。

私がその日、家を出ると、前の家の屋根の上に、あの鳥がいた。そうかもしれない。老人を脅迫していたのは、あの鳥だったのかもしれない。

だが、鳥は屋根の上から私を見おろしているだけで何の表意もしなかった。

私は試みに、その鳥から逃げてみた。何度も電車に乗って、郊外の海岸までやってきた。やはり鳥は海岸の松の木の枝で待っていた。

私は鳥を殺そうと思った。

その時、松の木の陰から少年が一人飛び出してきた。少年の手にはナイフがあり、それは私の首に突きささった。私が鳥をみると、鳥は人間に似た眼を私から少年に向けたところだった。その時、私は自然の花よりも鳥のあの嫌らしい視線を失ったことが辛かった。

確率の世界

わが第37弾道兵器部隊にスパイがいると判明すると、B1憲兵隊のコンピューターは本格的活動に入った。

第37弾道兵器部隊の地下基地の出入口は閉ざされ、全隊員のブロック間の通行が禁止される。

そして、最初のグラフができあがった時に基地内に第一回捜索放送が行なわれた。

「最大値第5分隊。第2最大値第8分隊。年齢最大値34歳、第2最大値32歳、階級最大値二佐、第二最大値一尉。出身地最大値K州、第二最大値M市。以上の全最大値該当者4名」

第5分隊の年齢34歳のK州出身二佐が4名いるのだ。第5分隊にB1憲兵隊の30人が乗り込んで該当者4名を連行していった。しかし、通行禁止が解かれるわけではない。各条件の優先順位が発表されるまでは本格的な捜索進行といえないのである。しかも多くの場合、こういった第一回全最大値該当者が本物のスパイであることはない。こうした単純な方法で割り出されるような者はもともとスパイとして不適格で、むしろスパイにはなれない人間なのである。

やがて第二回捜索放送が行なわれた。今度は身長、IQ、脈搏、などに始まり、さまざまな肉体的数値や精神的数値が偏差値とともに発表される。そして今度は「全偏差値内該当者なし」と発表された。ここから先はどこの誰が連行されるのかわからない。それでも憲兵隊は活躍し、何人かの兵士や将校を連行していく。それが被疑者の場合もあれば、単なる無作為抽出の場合もある。

第三回捜索放送では、第37弾道兵器部隊の全員が百種類以上もの集合概念によって分類され、隊員の大部分は三十程度の集合に属することになる。そして各集合の評価が定められ、その数値のインデックスが発表される。

第四回捜索放送で、いよいよ条件の優先順位が発表され、集合インデックスの席次が決定された。この頃になるともうコンピューターに誰も関与できない。憲兵隊の上層部ですら、自分自身が指名されるのではないかとはらはらしながら成り行きを見守るだけである。

そして結論が出る。個人別の数値が1を平均としたインデックスによって表現され、その最大値を占めた23・7というインデックスを持つ人物がスパイと断定された。

しかし、それが本物のスパイであるのかどうかは誰にもわからない。我々はただ、その人物が地上へ連れ出されて行くのを見守っているだけである。コンピューターは平常活動に戻り、スパイ存在の可能性の調査に移るのである。

二重分裂複合

Kにはこの地球上にもう一つの惑星がみえるそうだ。彼は海辺へ行って都市の廃墟らしきものを眺めており、水平線にそそり立つ巨大な塔や、砂浜の付近に拡がるガラス床の広場について説明してくれた。

彼は自分が精神分裂症の患者であると考えているのだが、どこの精神病院へ行っても彼の病気は認めてもらえない。そして彼はいかに自分の幻想が明瞭で精神分裂的なものであるかを証明するために、海辺に開けた都市の廃墟の光景を細かく話すのである。

透明なガラスの床の下に動き続ける永久機関の発電機や、広場の周囲の不思議なスクリーン、そしてスクリーンの背後の奇型のビルディング……。

実のところ私にもその廃墟の姿はみえるのである。Kのように確実なものではなく、長い間気づかなかったほどであるが、Kに説明されてみると、なるほどそこにガラスの床があり床下には機械が動いていることがわかるのである。私は精神病院でも分裂症と認められたことがあるほどだから、こうした幻想に敏感な反応を示すのだろうが、Kに説明されてみて、確かにその廃墟が地球上の全面に重なって存在していることを知ったのだ。廃墟とはいえ、永久機関の動力が活動しているので決して死んだ都市ではない。ただその都市の主である人間に見捨てられたか、あるいは都市が人間を見捨ててしまったのか、ともかく人の姿が全くないだけである。

Kはその廃墟の都市に移り住もうといった。こういうことをいい出すのは、彼が精神分裂症でない証拠だろう。私なら今もその廃墟に住んでいると思っているので、移り住もうとは考えない。それでもKは本気で移り住むつもりになって地球上の都市から姿を消してしまった。そして間もなく、もう一つの星の都市の廃墟の広場の周囲をとりまいているスクリーンに彼の顔が映った。それはこの廃墟の都市の支配者としての顔なのか、この都市で指名手配を受けている者としての顔なのかわからない。いずれにしろ廃墟の機械が彼の存在を認め、それに反応したことは事実であろう。だが、Kの本当の姿はずっと廃墟の中でみかけることはなかった。

スクリーンに映ったKの顔は二、三日で消えてしまった。そして、その後はどこにもKの顔が見られなくなり、廃墟は人の姿が完全に消えた状態に戻ってしまっていた。

私はKの失踪を告げるために精神病院へ行った。精神病院へ届け出るべきすじのものではないのだが、それでも精神病院へ行ったのは私が本物の分裂症患者だからだろう。

無限百貨店

受付には大きな丸テーブルがあり、テーブルの中央に開いた穴から男が首を突き出している。私はその男に5階のM・C・カンパニーに行きたいと告げた。男は首の横に出を出して右の方向を指差す。私はうなずいて右手のエスカレーターに乗った。

エスカレーターはわずか4、5メートルで終わり、高い円天井のホールに出た。周囲の壁には幾つもの小窓がついていて、その小窓に向けて三つのはしごがかかっている。私は最も低い窓にかかったはしごを登って小窓の中をのぞき込んだ。一瞬小窓の向こうが巨大な空洞にみえたが、それは遠近法を利用したトリックであることがわかった。小窓にそった廊下は遠くへ行くほど狭くなっており、そこから登りにかかる階段も上へ行くほど細くなっている。そして中央の壁には層がつけられ、あたかもどこまでも拡がる空間が存在するかのように作られてある。

いかにもM・C・カンパニーらしい建物だと思った。実のところM・C・カンパニーという会社も、この建物と同じくらい奇妙な会社で、無限絵画とか、結晶した本とか、四次元写真とかいったものを扱っているところなのだ。私は小窓の中に入り、廊下から階段を登って、ようやく身体が通り抜けられる程度に細くなった筒から上の階へ出た。上の階の床には私が抜けてきたような穴が幾つもついていて、壁には細いすき間が幾つも開いている。すき間をくぐり抜けると巨大な柱を中心に上下左右に向かう階段や廊下や橋が入り組んで展開する空間に出た。柱の横で男が一人眠りこんでおり、上の方では女が階段を登っていくところだった。階段も橋も廊下もゆがんでいるので上下左右の感覚が乱れてしまっている。私が一つ階段を登ると、先程は上にみえていた女が私のすぐ下の橋を渡っていた。私は下をのぞき込んで女に話しかけた。しかし、女はわずかに笑いかけただけで階段を下って、たちまち私から離れていってしまった。

私は階段を登り、廊下を抜け、小窓をくぐって再び細い筒のようなところにもぐり込んだ。筒を抜けると、そこは丸いテーブルの中心に開いた穴だった。テーブルの周囲を数人の男がとり囲んでおり、M・C・カンパニーに行きたいという。私は右手を指差した。そう、右手にはエスカレーターがあるのだ。

快い結晶体

それは一種の罠だったのだろう。いつそんなものにとらえられたのかわからないが、気がついた時には私の下半身が奇妙な結晶体に閉じこめられていた。結晶体とはいえ固く私の身体をしめつけているわけではなく、足の指を動かす程度の自由はきく。むしろ私の身体がその結晶の中心へ向けて吸いつけられているようで、なにか動物にでも飲み込まれているような感触だった。

罠にとらえられたのは私だけではなく、すぐ横には女が首を出しており、後方には男の腕と首が出ていた。

「これはいったいなんですか?」私がいうと、それまで眠っていた女が眼を開いた。そして小さく笑っていった。

「つかまったばかりなのね。今わかるわ」

女は再び眼を閉じ、結晶から抜け出そうとするかのようにもがいた。その時、私の下半身にも奇妙な震動が伝わった。それはとても快く、まるでなにかに向けて私自身の肉体と意識を溶け込ませていくような感覚だった。いわば性交のようなものなのかもしれない。だが性交よりももっと全的な解放感があり、麻薬的な陶酔に浸ることができた。時間は無限にひきのばされたように思う。それでも、いつか陶酔から覚める時がきたようだった。眼を開くと、横の女は頭の半分まで結晶の中に入り込んでいた。そして私自身も胸まで引き込まれている。

女は僅かに結晶から出ている眼を開き、私に向けてウインクをした。彼女にできる唯一の会話であった。

急に悲鳴が聞こえたのでみると、私のすぐ前に別の女が現われていた。女はとらえられたばかりで、まだ下半身だけしか結晶に埋まっていない。私はその女に笑いかけた。

「なによ？　これはなに？」女はいう。私はさきほど横の女がしたように身をくねらせてもがいた。私の身体は結晶の中へさらに吸い込まれていくようだった。そして再び快感が訪れた。新しい女も快感を得たようで、表情をなごませて眼を閉じた。そして私もまた陶酔に浸っていった。

今度はさらに長い快感が続いた。そして我にかえってからも、ゆるやかな快感が持続していた。私は再び新入りが訪れないものかと待ち望んだ。横の女は完全に結晶の中に入り込み、私ももう腕と首と手が出ているだけだった。

石の沈黙

山へ行くと必ず山頂付近の石を持って帰ってくることにしている。最初は登山記念にと思って集め始めたのだが、いつか石を集めるために山へ行くようになってしまった。赤い石や青い石、さまざまな模様の入った石や鉱石、化石まで、火成岩とか水成岩とか分類するわけでもなく、ただ雑然と紙箱に入れて集めているだけで、集めたからどうなるというわけのものでもない。なんとなく、紙箱の中に日本中の山のかけらが入っているのだと考えて、一人で悦に入っているだけだ。

大部分の石にはそれを収集した場所を書いてあるのだが、時々書き忘れたままどこの石かわからずに置いてあるものもある。白い石の中央に黒い円形の斑紋のついたものも、採集場所不明のまま忘れられていた石だ。

その石を取り出した時、私は黒い斑の中に不思議な模様が入っていることに気づいた。私は虫めがねで拡大して眺めてみた。それは明らかにどくろの形をしている。

私は面白い石もあるものだと思いながら、その石だけを書斎に持ってきて、時々虫めがねでどくろの形をみて楽しむようになった。

二、三日後に、いつものようにその石を虫めがねでみると、黒い斑紋の中の模様が変化していた。今度は木の葉のような図が浮き出ているのだ。そして二、三日後には、さらに別の図が現われた。にぎりこぶしが白っぽく描かれていた。

私はその石が魔女の使う水晶球のようなもので、何かを予言しているのだと考えた。そしてその日から毎日、黒い斑紋の中の図を記録し、同じ日に私自身の身に起きたことや、世界中で発生した事件、さらに天気や月の満ち欠けまでを書き込んでいくことにした。

模様は一日で変化することもあれば、一週間も変わらないこともある。はっきり何かの形をしているとわかることもあれば、どうも形をとらえがたいようなあいまいなものに変わることもある。それでもはっきり何かの形になる時には、何か重要な意味があるのだろうと思った。

しかし、その意味をとらえるのは極めて困難なことである。どくろが現われた時には人が死ぬのかもしれないとも考えたが、毎日何人もの人が死んでおり、それでいて特に身近な者が死ぬというわけでもなかった。同じ図柄が現われた日の共通の出来事を捜してみても、それが他の図柄の日とも共通するものであったり、鳥の姿が出た日とにぎりこぶしが出た日に大きな事件があったりして、まったくのところこれといった手がかりがつかめないのである。それでも私は図柄の周期を調べたり、図柄と星座との関係を調べたりして、毎日毎日その石の模様の解読に精を出した。

いつか私は山へ行くことも忘れていた。そして、三年間その石を調べてわかったことは図柄の意味など解読できるものではないということだった。ただ雑然と石を集めて喜んでいたように、その石の模様も、ただ美しいと思って眺めるだけにしておくべきだったのである。

機械動物園

機械動物園はジャングルの奥の湖の近くにあった。入口は機械動物たちが生息していた都市というものの模型になっていて、都市の中の一つのビルディングにテレビとかミシンとか冷蔵庫とかいうような小動物たちがいた。

それら小動物の大部分は発電機という猛獣の排泄する電気というものを主食にして生きているそうだ。

ビルを出て野外園にはいると、最初に自動車という猛獣の暴れまわる姿がみえた。自動車は大声で吠えたてて広い荒地を走りまわっている。二頭並んで競争しているものもあれば同じところをぐるぐる廻っているものもある。片隅には衝突して大破している二頭の屍が転がっていた。そうした荒々しい光景に機械文明と呼ばれたこれら動物たちの活躍した時代のすさまじさが充分伝えられている。

自動車の檻からクレーンの檻に移ると、その巨大な鋼鉄生物の姿にまず眼をうばわれた。しかし、大きさに慣れてしまうと、クレーンなる獣はなかなか愛敬のある生き物だった。同じ場所をなんども行ったり来たりして、なにやら重いものをつり上げたり降ろしたりしている。動作は極めて鈍く、無目的に身体の方向を変えたり動きまわったりしているだけである。

機関車という猛獣は最も恐ろし気だった。これも同じ場所を行き来するだけなのだが、スピードはクレーンとは比較にならず、近くへ走ってくると大地がゆれ動くほどの怒りを発散させていることがわかる。怒りの強さでは溶鉱炉も敗けないだろう。全身から炎をたちのぼらせ、あの獰猛な自動車の屍を喰っているところだった。

さらにさまざまな機械動物たちの檻が続き、やがて小さな丘に登りつくと、そこにこれら機械動物の王といわれるコンピュータという動物がいた。コンピュータは静かで温情そうにみえたが、実はこの機械動物園のすべてを支配しているのだという。

いずれにしろ、これだけ恐ろし気なものたちが地上を支配していた時代に生まれなくてよかったというのが素朴な感想である。おそらく、これらが生きている時代では人間が生き残ることは容易ではなかっただろう。今は人間の数もわずかになり、機械動物たちも、世界に残されたいくつかの動物園に残されているだけである。ただ、不思議に思ったのは、このコンピュータの支配する機械動物たちが人間の訪れを歓迎し、檻の中から我々をおどすだけで満足しているという点だ。むろん機械には機械の生き方があり、コンピュータという王様は人に対してなんらかの愛情を抱いているのだろうが、人間はというと食料の果物や牛馬を奪い合い、住居の洞穴を襲い合っているのが現状である。

私自身の本

床から天井までぎっしり本が積み上げられていて、ようやく通路を人が歩けるだけ。しかも余命わずかな蛍光灯が片隅でぼやけて光っているだけだから本の題字も満足に読めない。それなのに、私には一冊の本だけが何か重要なものであるかのように思えた。むろんその本の題名も読めるわけではない。ただでさえ暗いのに、その本は古びていて題字が消えかかっていたのである。私はその本を引き抜いて奥へ向かった。

ぼやけた蛍光灯の近くで古本屋の親父が居眠りをしていた。私は本を差し出して呼びかけると、親父はまるで眠りの続きの仕草であるかのように本を眺め、ページをくって新聞紙に包んだ。そして急に眠りから覚めたように大きく眼を開いて代金をいった。

私は笑いながら金を渡して本を受けとる。なぜか急にその本が重くなったように思った。親父は外が雨かどうかを聞いた。今日は快晴だと答えると、うなずいてもう一度眠りにかかる。私はもう一度細い本の谷間の通路を抜けて外に出た。驚いたことに、先程までは雲一つなかった空が雨に変わっていた。

宿に戻ると、私は急いで本の包みをといた。その本がどういうものであるか、私にはよくわかっているつもりだった。だが、そういう本が存在するということはまだ信じ切れない。そして、具体的に何を書いてあるのかもわからない。私にわかっているのはそれが疑いもなく、私自身の本だということだけである。私自身の本だからこそ、題名も何もわからなくても、私の手が自然にその本を抜き出していたのであり、本が私だけを待ち続けていたのである。

私はその本を開いた。扉に書かれた書名は「私自身の本」であり、作者は私であった。内容は小説風の物語になっていて、最初の舞台は奇妙な家から始まっていた。その家を私は何度か夢でみていた。家の中央に四方が襖で囲まれた部屋がある。そこで私は得体のしれない模型を作っている。私は長い間そのような模型を作らねばならないような気がしていたのだが、実際にどういうものを作ればよいのかわからずについに製作にかかれなかった模型である。しかし、本の中にも、その模型がどういう形で、どういう機能のものなのか書かれていない。しかし模型は完成し、私はその模型の中に入っていく。

模型の中の広場を歩きながら、私は何かを捜し求めている。広場に面した店や噴水池や小塔。小塔の中には階段があり、階段を下りると地下道に出る。地下道は狭くて暗い。地下道の奥には古本屋があった。私は自分が一冊の本を捜していたことに気づく。

古本屋の親父は眠っていた。私が声をかけるとまるで眠りの続きのようにもぐもぐと私の捜している本が売れてしまったばかりだといった。そして急に眠りから覚めたように大きく眼を開いて、外は本当に快晴だろうかといった。

廊下は静かに

初めて訪れたビルなのに、奇妙ななつかしさを感じる。しかもビルの内部をよく知っているような気がする。廊下を歩いていくと、曲がるべき場所で自然に足先が方角を変え、エレベーターや階段を昇ったり降りたり、さらに複雑に廊下を曲がっていく。

そして私は一つの部屋に入った。

室内は広く、事務服の男女が十数人何やら仕事をしているようだった。その部屋にも、部屋の中の人々にもなじみがあるような気がした。

私が室内に入っても、誰も気にとめない。入口の近くで書類のファイルを調べている若い女に私は近寄った。女は私に気付いて顔を上げ、古くからの知り合いでもあるかのように笑いかけた。

「どうしたの？　顔色が悪いわよ。医療室へ行ってみた方がいいわ」

女はいった。私は頷いて部屋を出た。再び足が自動的に活動し始めて廊下を歩き、エレベーターに乗り、さらに廊下を歩いてある部屋の前に立つ。そこは医療室だった。

室内は医療器具で埋まっており、器具の間から看護婦が首を出した。

「あら、顔色が悪いわね」

看護婦はそういって鋼鉄のベッドに私を寝かせた。私が上衣を脱いで寝ころぶと、医師が現われて、私の全身を白い布でおおった。鋼鉄のベッドが動き始め、何度か廊下を曲がってエレベーターらしきものに乗り、さらに廊下を進んでどこかへ着く。

そこに私は長い間寝かされたまま捨て置かれていた。私は自分がこのビルへ何をしにきたのだろうかと考えた。何か目的があったようにも思えるし、そうでないような気もする。それはこのビルだけのことではない。どこへ行っても、そこに何かの目的があったようにも思えるし、そうでないような気もする。ただ、今まではどこかへ行くと、そこに私自身の用事が待ちかまえていて、その用事を済ますことですべてが片付いたように思えていただけである。

私は白い布をはぎ取って、鋼鉄のベッドの上に起き上がった。周囲には同じような白い布に包まれたベッドが並んでいた。

私はその部屋を出た。再び廊下を歩いて、エレベーターに乗り、さらに廊下を歩いて一つの部屋に入る。部屋の奥から上役らしき人物が私を呼んでいる。

「君、この書類を総務課に届けてきてくれ」

私は書類を持って部屋を出た。そして廊下を歩きながら、どのみちあの部屋にまた戻らねばならないのなら、ずっと寝ていればよかったと考えていた。あの白い布の下で。

4

未発表小説、および「地獄八景」

嫌悪の公式

「助けて下さい」

突風に乗って女の声が耳もとを通り抜けていく。けやきの樹の下に水色のワンピースの女が立っている。樹がゆれ動くと女の長い髪も巻き上がる。女は再び唇を動かしたが、風向きが変ったので何をいったかわからない。

私は女の方へ歩き戻って、二メートルぐらいの距離で立ちどまる。女は小さな封筒を低く差し出した。私は更に二、三歩進んで、それを受けとる。また強い風がきてけやきの枝を騒がすと、女はその風のすき間にでももぐり込むように駆け出して、次の角を曲がってしまった。私がとまどいながら追っていった時にはすでに女の姿はない。

私は全ての知人に嫌悪を感じていた。会社の同僚や学生時代からの友人、そして家族たち。どの顔を思いうかべても、とてもいやしく思えた。自分に僅かでも利益となることには抜け目なく、それでいて自分のいやしさに他人が気づくはずはないとでもいうかのように尊大に笑っている。みんないつかいやしさも尊大さも習性として身につけてしまっていて、何の迷いもなく使いわけているかのようだ。そうした知人たちに嫌悪を感じるのは、今にはじまったことではない。だが、いつもは一人で散歩して、喫茶店でコーヒーを飲み、パチンコでもすると、やがて人恋しくなり、誰かに電話をして少しでも楽しい話題があれば満足してしまう。自分もまたいやしい人間だと感じてそれなりに納得するのだ。

一人で歩きまわっている時には、ふと未知らぬ人に自分の知人にはない清廉な心があって、そんな人と出合えるのではないかと考えることがある。いつもそんな幼稚な自分の夢想にあきれ果てるのだが、それでも次の時にはまた同じことを考えている。今の私もそうだった。そして、女はそんな私の気持をみすかしたように私に声をかけ、封筒を手渡した。封筒にはノートの切れはしが二枚入っており、一枚にはある場所へ行ってもう一枚の紙きれをある人物に手渡してほしいと書かれている。もう一枚の紙にはぎっしりと数学の式が書かれている。私にはそれが何の式であるかわからないが、統計学的な予測のためのもののように思う。指定された場所は遠く、すぐに行くとすれば今日は会社に戻れない。私は会社に早退させてもらうよう電話で連絡した。

電車に乗ってから、自分がとてもばかばかしいことをしているように思えた。女は助けてほしいといったが、さほど切迫した状態ともみえなかったし、あてにならない他人に預けるのだからその紙きれもさほど重要なものとも思えない。それに郵便で送るとか、電話で伝えるとか、他にもさまざまな方法はあるはずだ。これはあくまで私自身のためにおこなっていることなのだと思う。日常的な生活サイクルから出てみたい。ただそれだけのことなのだ。

目的地は小さなビルの最上階の「新興活動協会」という事務所だった。指定された人物はそこの所長かなにかと思える老人だった。私が女から預った紙を出すと、「これは先生にみていただかないと」といい、私に大学まで付き合ってほしいといった。

「でも、私は単に託かっただけです」

「我々としてはあなただけがたよりです。我々の側から向こうに連絡することはできないのですよ」

老人はいった。そして私を促して外へ出てタクシーに乗り込んだ。私が当惑していると「さあ」といって懇願するようにみつめる。私にはそうして一時でも重要人物のように扱われることを喜ぶ気持があった。そして、老人が私の機嫌を損ねまいとして話しかけてくるのに対し、尊大に頷いたり笑いかけたりすることでさまざまな不満が解消されるように思えた。

車は有名な国立大学に着き、老人と私は古びた建物に入る。老人は全てを心得ているかのように階段を昇って二階の研究室の一つをノックする。中から「どうぞ」という太い声が聞えて、老人と私は室内に入った。机とソファの上には無数の本とファイルが積み上げられ、黒板にはグラフをコピーしたものがとめられている。

「研究所の助手のかたです」

老人はそういって、私を教授に紹介した。教授は黒ぶちの眼鏡をかけた大柄な人物だった。私の持ってきた紙きれの数式をみつめて、ふと大切なことに気づいたかのようにいう。

「このPのn乗というのはベキ級数からきているのですか?」

教授が私の顔をじっとみつめているところをみると、私に質問しているようだ。私は教授と老人の顔を交互にみつめながら首を振った。

私は自分が演じている役割について、大まかな認識を得ることができた。私に封筒を手渡した女性はある秘密の研究所の人間で、新興活動協会はなんらかの取り引きによってそこから数式を受けとることになっていた。研究所では私が運び屋を演じない可能性も考えていただろうが、数式は他の人間が持っていても意味のないものなので、その場合はまた他の人間に同じような方法を試みたのだろう。私が受け取ったノートの切れはしは意外に重要なものだった。

教授と所長は大学を出て、また車に乗った。私はまだ解放されなかった。私は道端で声をかけられて託かっただけだと何度も話したのだが問題にしてもらえない。

車は何度か運河を渡って工場の一つに入っていった。巨大なクレーンが鉄骨を運んでいた。工場に入ってからもかなり走り、雑草の繁った埋立地にきてようやく停止する。老人と教授は車を出て黙々と歩き始めた。私もその後を歩く。車はターンして戻っていった。やがて土手の向こうに古びた工場がみえた。ガラス窓に板が打ちつけられ、鉄骨は錆びついていて、廃棄された建物のようだった。

建物の中には巨大な空洞が開けている。しかし、奥には幾つかの区画が設けられ、そこでは十数人の白衣の男女が働いていた。私にも白衣が渡され、靴をスリッパに履きかえさせられた。そして私は囚われの身となった。

彼らは私が戻らない場合には研究所から何かの連絡があるものと期待しているようだ

が、私は研究所と無縁の人間なので何の連絡もあるはずはない。私はさまざまな雑用を命じられ、それなりに工場内での役割を持つことができた。

ここの人々は不思議なほどもの静かで、仕事だけを律儀にこなしていると思う。私は何人かに話しかけ、ここは何を作るところなのかと聞いてみたが、みんな私と同じようにわけがわからないまま仕事を続けているようだった。

仕事の一つは乱数表を作ることだった。00から99までのカードを開いていって、数字を記入し、別の人間がカードを開いて出た数字の位置にあるものを記入する。更にそれで二ケタの数を百そろえて、その中からまたカードで一つの数を選ぶ。それはおそらく私が持ってきた式のためのものだろうと思う。幾つもの都市の夜景の写真から、街灯の光を抜き出して星座のようなものを作る仕事もあった。それは驚くほど本物の星空に似ていた。

右端の区画には事務所や食堂があり、二階がベッドルームになっていた。事務所には新興活動協会の老人がいることが多く、ずっと私を研究所の人間として扱い、作業の進行状態などを報告する。左端の区画の二階は冷房装置のついたコンピュータ・ルームで、そこには例の教授がいた。彼もまた私にわけのわからない質問をすることが少くない。

何日間か経つと、私は自分が本当に研究所の人間であるかのように錯覚するようになった。或いは食事の中に暗示にかかりやすいようにフッ素化合物でも入っていたのかもしれない。私はいつか博士の質問に応じるようになり、仕事の進行状態について老人に指示をするようになっていった。そしてこの工場で作ろうとしているものもわかるようになっていた。

およそ三か月間、そこでの作業を見守ったのち、私は教授にいった。

「やはり無理と思います。あの式は不完全です」

教授にもそれがわかっていた。私は老人と教授とともに工場を出た。大学で教授と別れ、新興活動協会で老人と別れると、間もなく水色のワンピースの女に出合った。女はまた封筒を差し出した。封筒の中には交通事故で一時的に記憶喪失していたことを証明する診断書が入っているはずだ。

「ありがとうございました」

後方から風に乗って女の声が伝わってくる。私は自分の知人たちへの嫌悪をよみがえらせつつあった。

地獄八景

第1景　地獄門

ぼやけたピンク色の雨が降っていた。遠くから仏説阿弥陀経《ぶっせつあみだきょう》を読誦《どくじゅ》する厳かな声が聞こえる。その声に引き寄せられるようにずるずると移動していくようだ。やがて声が大きくなるとただの騒音となり、同時に猛スピードで宙空を飛び抜けていき、次には突然の静寂とともに薄く霧《きり》が漂う空洞へ放り出された。その瞬間に何か大切なことがわかったように思えたが、何がわかったのだろう。そう考えているると眼前に巨大な建造物がそびえ建っているのに気づいた。

「ここは地獄の一丁目、あれは地獄八景の一つとして名高い地獄門です。間もなくご案内いたしますので、あの門の中でお待ちになってください」

ツアーガイドのような軽やかな声が聞こえ、私は地獄門に向かっていた。そうか。私は死んだのかと理解したが、なぜ死んだのか、どういう状況で臨終を迎えたのか思い出せない。それ以上に地獄というものが本当にあったということに驚いていた。地獄門はお寺の山門とほぼ同じつくりで、鮮明な朱塗《しゅぬ》りの木造建築だったが、私の眼や脳の損傷のせいか大きく歪《ゆが》んでいて、ところどころホログラム画像のように重複《ちょうふく》して見えるところもある。門の石段や仁王《におう》さまの周辺にはすでに多くの亡霊たちがたむろしていた。あるものは観光客のようにのんびり山門を見上げており、あるものはしゃがみ込んで絶望的に頭を抱え、あるものは半ばかすんでしまって足元を完全に消したまま頼りなげに浮いていた。私の姿はというと、意外に前世なみの形を保って見慣れたスーツ姿だった。

やはり極楽ではなかったんだなと思って、本当に地獄があるのならもう少し善行を心がけるべきだったかとも考えた。しかしそれ以上に地獄というものが本当にあったというのはとても楽しく思えた。さまざまな責め苦を受けるといわれているが、死んでしまったのなら痛みを感じるはずはなく、死以上に恐ろしいことが起きるとも思えない。

規則正しい木魚《もくぎょ》の音が聞こえ、先程のツアーガイドが小旗を持って出現した。本当にツアーガイドのようなブルーのスーツを着て白い手袋をつけた若い女性の亡霊だった。

「ではご案内いたします。この旗を見失わないように歩いたり滑ったり飛んだりしてお続きください」

そしてぞろぞろと亡霊たちの行進が始まった。誰もがうなだれているというわけでもなく、おおむねコンサートホールの開門とともに入場していく観客たちのような手持ち無沙《ぶさ》汰《た》な行列だった。時たま空中に蓮池《はすいけ》とか、石灯籠《いしどうろう》がぼやけて現れる以外はほとんど虚空《こくう》というべきところを移動していた。

第2景　閻魔屋敷

やがて出現したのはいともありきたりな鉄筋コンクリート風のビルだったが、ビルに隣接して古びた洋館建の家屋があり、その前でツアーガイドが「はい。地獄八景の一つ閻魔《えんま》屋敷でございます。閻魔大王さまはすでにご引退なさって、古いしきたりの式典などにお顔をお見せになるだけとなっておられます。みなさまはこちらのお役場で手続きとコンサルティングをお受けくださいというと、すぐに旗を竿《さお》にくるくると巻きつけて消え入るように戻っていった。

閻魔屋敷は霧に包まれているようなかすれた存在で、壁を這《は》う蔦《つた》のような植物が心持ちざわめいている。しっかり観ようと近づくと屋敷の側も遠ざかり、一定の距離からの展望しか許さない。さまざまな方角からアプローチを試みたがやはり距離が変わることはなく、仕方ないので引き返してお役所のビルに入った。そこはあまりにもありふれた日常世界のままだった。確定申告時の税務署のように机のようなものが数多く並んでいて、机の上にはデスクトップのような画像が設置されている。亡霊たちはそれぞれの机で椅子《いす》に座ったり、机の前に浮いたりしながら手続きとコンサルティングなるものを受けているようだ。列の最後尾に並んで待っていると、腕章をつけた案内係が空《あ》いた机を指さし、私がそこに向かおうと思うと、すでに私は何の労もなくその方向に移動している。画像のようなものは机の上の宙空に浮かんだ半透明のボードであることがわかった。対面にはサングラスの係員が座っていて、ボードを突き抜けた亡霊の手で正面に来るよう促した。

「わかる範囲でお答えください。お名前、旧姓、戒名《かいみょう》、クリスチャンネームなどもございましたらお願いします。生年月日、没年月日、主な宗教と宗派、最終宗教および宗派、主な職歴、最終職業、最終学歴、死因、最終住所、墓地住所、最終家族構成、主な資格や免許、主な賞罰などです」

私が名前をいうと、すぐにボードはそれを表示した。

「没年月日は今日だと思うのですが」というとそれも質問のまま表示される。「死因や墓地住所はわかりません」

「それなら不要です。登録ナンバーKLACQをご記憶しておいてください。これはお客さまのパスワードとなります。質問はございますか」

「たくさんあります。まず、地獄とおっしゃるこの世界が物理的にどのように存在できるのか。仏教での地獄のように見えますが、他の宗教での地獄も存在するのでしょうか。この世界はどのように形成されて、どのように運営されているのか。法律や管理機構は存在するのか。日本語が通用するようですが、日本のどこにあるのか。極楽《ごくらく》という世界も存在するのか。それともこれは単に私の死の直前に見ている夢なのか」

そこまで喋《しゃべ》ると係員は急に笑顔になり、大きく眼を見開いて「お客さまは前世のことや自分自身のことよりも、この世界にご関心をお持ちなのですね。とても得がたい存在です。いかがでしょうか、私たちとともにここでのお仕事をなさいませんか？　私のような閻魔係だけでなく、ここにはさまざまなお仕事をなさる霊がいらっしゃいます。ご質問のようなことを研究なさっている霊もいますし、ご覧になられた地獄門などを建築なさる霊も、この世界を支えるタンパク質を合成なさる霊も、それをニューロンに加工する霊も、人間関係の諸問題を解決なさる霊も、それぞれの意思と判断でお仕事をなさっています。専門の担当者がご説明申し上げますので、ぜひこの世界について知っていただきたい」という。

「でも」

「お返事はインスペクションを終えてからで結構ですし、いつでもやめていただくことが可能です。生化学とか、精神病理学、システム工学、情報工学、エレクトロニクス、ジオロジー、宗教学、環境生理学といった各分野について何らかの専門知識をお持ちでいらっしゃいますか?」

「いいえ、全て専門ではありませんか、教養レベルでそれらについてある程度の理解を持っています」

「ああ、特にそうしたゼネラリストこそ最も必要な人材なのです。登録番号をOKLACQに変更させていただきます。すぐに担当者がまいりますよ」

ボードには急速に次々とJAVA言語のような文字が走っていき、それを追って画面はぐんぐんスクロールされていった。ときどき停止したり流れたりが繰り返されていたので、生前の私に関して検索しているように思えた。そして気づくと私の横に一人の亡霊がいた。かなり本格的な幽霊の姿で、髪を腰まで伸ばし、足元は完全に透けており、腕も手首で元気なく垂れ下がっている。

「マインドネームでお岩と申します。案内しながら説明いたしましょう」

その亡霊がいった。どうやら女性の亡霊のようだった。

第3景　血の池地獄

高い水位の真紅《しんく》に濁った水が一気に押し寄せてきて、私はいつの間にか池の中に沈み込んでいた。水に続いて家や自動車や死体が押し流されてくる。テレビジョン画面で見慣れた東日本大震災による津波の光景だった。

「ここは確かに地獄絵図といわれるような世界です。死の意味を知り、自分の死を考え、死はどんな場でも訪れることを理解していただくわけです」

津波を追うように泥沼の戦争が展開された。船上と水中から激しい銃撃が始まり、銃弾は容赦なく私やお岩さんの身体をも貫通していく。

「でも、さらに死が恐ろしくなくなって、受け入れがたくなるという可能性も考えられますね？」

「それも折り込み済です。あくまでも事実を知っていただくわけです」

お岩さんの説明が終わると、さらに残虐《ざんぎゃく》な斬首《ざんしゅ》や切腹や処刑の光景があちこちで展開されていった。

「これは立体ホログラムでしょうか？」

「ここには物質が存在しないので、おおむねそのようなものに近いですね。受け手のメモリーに直接働きかける幻覚というのが正確かもしれません。まだ技術的に満足なリアリティを獲得できていませんが、それなりに効果は出ているようです」

「つまり、ここは成仏《じょうぶつ》できない霊たちに死を受け入れさせるところなのでしょうか」

「それが目的というわけではないのですが、ここを訪れる死者には前世に執着していらっしゃる霊たちが多く、おっしゃるようなニーズが高いということでしょう」

「ということは死者が全員この世界へ来るというわけではないのですね」

「はい。老衰《ろうすい》とか長い闘病でほとんど意識が残っていない状態で亡くなられた人とか、たまたま周囲にタンパク質などがなくて、意識をここまで伝達してくることができなかった人、本人の意思で自分の身体から抜け出そうとしなかった人などの意識はそのまま消滅してしまいます。今のところ死者の10パーセント程度しか地獄へたどり着いていないようです」

「たどり着けない人々は成仏して天国とか、極楽浄土といわれるところへ行くのでしょうね」

「私も冷凍室で凍死したもので、アクティヴな伝達有機物が少なく、半分程度の意識しか持ってくることができなかったのです。でも自分の知識への執着が強かったので、大脳皮質のメモリーを根こそぎ運んできて、ここでのお仕事をさせていただいています」

お岩さんは笑顔を見せたが、それはむしろ恨《うら》みを伝えようとするかのように歪んで見える。そんなお岩さんに加勢するかのように、周囲では死者たちが次々と水面に姿を現し、輪になってぐるぐる渦巻《うずま》き回転を始めた。

「行きますか?」

お岩さんがいってくれたのでありがたく頷いた。

第4景　鉄囲山

そこは巨大なゴミ集積場だった。自動車、自転車、机、パーソナルコンピュータ、束《たば》ねられた書籍、看板、建材、水洗トイレ、コピー機、作業ロボット、冷蔵庫、エクササイズマシン、ベッド、ピアノ、スーツやコート、はしご、キャンプ用具、壁掛け時計、巻かれた絨毯《じゅうたん》、車椅子、スノーボード、棺桶《かんおけ》、手術台など、多くは真新しくてほとんど破損していない。

「ここは物質文明よさらばというモニュメントですね」

「はい。どうやら説明が不要になってきましたね。まだまだ面白いものがありますよ」

ＡＴＭ機械のところへ飛ぶと大量の札束が山積みされており、金塊や宝石や酒類もあった。

「おや、ロマネコンティだ。でももうわれわれには飲むことができない」

「なかなかの力作でしょう。こういうコンテンツはすでにソフトウェアが開発されているので、比較的思うように制作できます」

「かなり多くの霊がこういうものに執着して制作に励んでいるのですか」

「ずっと作り続ける霊もいますが、眠ってというか、一度消えてしまって、またやってきて続ける霊もいます。でも幾《いく》つか作ると厭《あ》きてしまっていなくなってしまう霊が多いようですね。やはり本物ではないですから」

「そのあっけらかんとした夢のなさが地獄たる所以《ゆえん》なのでしょう」

「そうです。もう物質世界にはいないということを知ることになります」

「でもあくまでもバーチャル世界なので深刻に考えない人もいるのではないでしょうか」

「それはこの世界全体にいえることですが、あくまでも前世での夢の中にいるだけと考えることでシリアスに死を受け入れない霊も少なくありません。でも死んだのは事実なので、それを前提とした上での地獄ということになります。自分が霊である以上、それ相応のアイデンティティをお持ちにならなければ地獄にいる意味はありません」

お岩さんはこの世界を楽しんでいるように思えた。幽霊そのままの装いもここには相応《ふさわ》しく、むしろその悲しげな容姿が会話に真実性を与えている。なるほど、死んでも前世と同じように楽しく過ごせる可能性があるんだと思う。

「お岩さんのような方からお話を聞けて、私の死がとても充実したものになりました」

「できればここに残って私たちと一緒にお仕事をなさいませんか」

「ええ、今はそう考えています。楽しいことがあれば前世もここも同じですからね」

「たぶんそれぞれの性格や世界観によるのでしょうが、ここでは食べる必要もないし、お金の心配も、時間の心配もなくて、純粋知性として存在できます。むしろ私は前世でもこういう世界を望んでいました」

お岩さんはそういってにっこり笑う。今度はとても素敵な笑顔に思えた。

第5景　三途の河原

そこは広々とした純白の砂洲《さす》で、幾つもの川筋が枝分かれしたり合流したりして爽《さわ》やかな音を伝えてくる。

「賽《さい》の河原《かわら》ですね」

私はいったものの、お岩さんの姿が見えない。

「ここでは多くの人たちが眠ったり考えごとをしたりしているはずですが、真っ白なので映像が浮かび上がることはなく、他の霊の姿は全く見えません。私の最も好きな場所で、地獄八景で最も美しいところです」

すぐ横から声だけが聞こえた。

「声も話したい霊だけにしか聞こえないんですよ」

「さしあたり私は天国へ行くか、ここで仕事をするかを考えるわけですね。前世に戻りたいという選択肢もあるのですか」

「ときどき戻る霊もいらっしゃるけれど、昔はともかく、今はあちらの世界の膨大な情報に埋もれてしまうようです。輪廻転生《りんねてんしょう》という方法もあることはあるのですが、そちらもほとんど相手の自我に負けてしまうようですね」

上空には霧や雲のようなものが流れているだけで、眼を開いていても閉じていてもほとんど変わらない。おそらく天国へ意識を持ち込むことができても同じようなものなのだろう。実際にここで眠っていてそのまま昇天してしまう霊も多いという。まるで存在の希薄なところだった。

「私は自分が冷凍室で殺されたと考えているんです。民間のバイオテクノロジー研究所で働いていたんだけれど、冷凍室にはさまざまな安全装置があるので事故は考えられないのよね。誰かに何らかの方法で閉じ込められたんです。たぶん」

「お岩さんを殺した人の動機はわかっているのですか」

そういってからすぐにつまらないことを聞いてしまったと思う。

「痴情《ちじょう》のもつれね。その後のあの世界ではそう考えられているでしょう。私には相手の思い込みによる逆恨《さかうら》みとしか思えないけれど、あちらの世界はそういうところなのよね」

「私には自分の死に全く心当たりがない。たぶん突然死だろうが、事故か脳卒中などの病気か、お岩さんと同じように殺されたのか、でも今となってはどうでもいいことです」

「この先に人間関係に対処する大叫喚《だいきょうかん》地獄があるけれど、私は行きたくないので担当を交代させてください。あそこは前世を引きずった本当の地獄です。ここで少しお休みいただいてから担当をお呼びになれば洗い地蔵というマインドネームの亡霊が案内します」

お岩さんはそういって消えたようだが、一瞬だけ遠ざかる姿が見えたように思えた。

「ありがとう」

私はその方向に呼びかけた。

Intermission

この世界の起源はヒトが意識を持ち、死を認識したネアンデルタールの時代と想定されている。最初は死を受け入れたくないヒトの意識が手近の土や植物などのタンパク質に取りついて発光などのわずかな作用を与えただけで、そういう状態が人間文明の始まりまで続いた。それなりのデバイスを形成するようになったのは大規模な戦争によって、多くの人々が同時に死を迎えた時代で、意識集合の相互作用によってヒトのニューロンと似たような伝達機能を持つようになったという。それでもかなり長い年月は瞬間的なシナプスの奔流《ほんりゅう》があったという程度でしかないが、単純なタンパク質は環境さえ整っていれば長く生存できるのでニューロン的な分子合成は積み重ねられていき、一方では合成のための酵素への反応も活発化されていった。地獄の概念が生まれた中世には実際に現実世界に出現して人々に驚きや恐怖を与え、時には予言をしたり、教訓を与えたり、何かそそのかしたり、復讐《ふくしゅう》をしたりした例も前世のさまざまな記録に残されている。だが、ここに世界と呼ぶべきものが形成されるようになったのはコンピュータが発達してからで、コンピュータのエンジニアやマニアがニューロン状のタンパク質結合による集積回路に近いものを構成していった。それも初期には容量こそ何人かの意識を収容できるほどになったものの、そこに霊が入り込める以外にさほど働くものではなかった。しかし、前世にインターネットが誕生すると、ここも前世と同じような世界と呼ぶべき霊の相互関係が形成されるようになった。そのようなニューロンネットがタンパク質による回線から、おそらく脳波のような振動によると考えられるラン接続に移行するにもさほどの時間を要したわけではない。間もなくキリスト教系のニューロネット、イスラム系のニューロネット、ヒンドゥー系のニューロネットなど、世界中に多くのニューロネット網が形成され、それらの間も接続されて、地獄はもう一つのグローバルな世界となった。

そのような世界が形成されても物質が存在できるわけではなく、あくまでもコンピュータの集積回路のようなところに人の魂が入り込んでいるようなものなので、存在するように見えている像はコンピュータでの画像のようなものでしかないし、会話もtwitterやfacebookでの書き込みを話していると思い込んでいるだけだといえるだろう。地獄八景のような景観が建造物や自然の光景と思い込んでいるのも同じで、たまたま偶像崇拝の傾向が強い日本人はそういうものを作るが、イスラム世界にはそういうものが全く存在しない。

どういう方法で意識がタンパク質や酵素を操作できるのかとか、どういう契機でニューロン状のものを形成できるようになったのかとか、脳波がどのように伝達機能を持つのかというような解明されていないことも多いが、それは物質世界がなぜ存在したのかとか、タンパク質がどうして生命を育て、そこからいかに意識が目覚めたのかというようなことがわからないのと同じで、容易に究明されることはないだろう。特に地獄世界には物質が存在しないので組織的な観察、研究や実験ができず、物質世界での解明を待って理解されていくことになると考えられている。あるいは物質世界での意識の誕生はこの世界が形成されるためのステップにすぎなかったのかもしれない。ただ、ここでは全ての情報が個人的な知識の集積でしかなく、その真実性について深く追求されることがないので、幾つもの考え方が並列的に定着していって、どれが正しく、どれが妥当というような選択が行われることもない。同意者がある程度存在していれば多数の理念のそれぞれが同じように価値を持つ情報や知識となっていく。

それでも物質存在というような怪物的な謎《なぞ》を持つ前世よりも、知識と情報だけのこの世界の方がある程度は理解されやすいといえるかもしれないが、この世界がタンパク質という物質存在に依存している以上、前世に寄生しているという事実も認めなければならないように思う。ここは物質世界からの避難所として、人類が滅亡してもタンパク質が存在できる限り崩壊することはない。

私は賽の河原に横になってそのようなことを考え、さまざまな知識や情報を吸収した。

横になるといっても肉体が存在しないので実際に寝ころぶことはできないが、そんな気分になると実際に寝ころんでいるのと同じ精神状態を得ることができる。そのようなこの世界での生理を習得するのはさほど難しくなかった。情報収集も簡単で、要するにコンピュータでの検索エンジンと同じように次々と提示される項目から絞り込んでいけばよい。Wikipediaに類似した百科事典も使えるし、ここで仕事をしている人のみが使える深層エンジンではより濃密で先端的な情報を得ることができる。

第6景　大叫喚地獄

ここでは眠っている時と、単に静止しているだけという時が同じ状態なので、時間という観念を持てず、洗い地蔵さんを検索してコンタクトを申し入れてから、どれだけの時間が経《た》ったのかわからないが、私にはすぐに検索プラットフォームに来てくれたように思えた。洗い地蔵というマインドネームどおり、朴訥《ぼくとつ》な感じの清楚《せいそ》な青年の霊だった。

「事故かなにかでこちらにいらっしゃったのでしょうか」

「ええ、私は3・11に塩釜で死にました。第一波の津波が引いたので、第二波が来るまでの間に救助活動に降りて、戻る途中で津波に捕まってしまった。だから洗い地蔵です」

「申し訳ありません。愚かな質問をしてしまいました」

「いいえ、私がその時の体験を話すだけで回復される霊もかなりいらっしゃるので、セラピストとしてはとても好都合なのです。お気になさる必要はありません」

洗い地蔵さんはこうした会話に慣れているようで、相手を気づかいながら必要なことを的確に話す。確かに死者の意識が抱えているさまざまな問題を取り除《のぞ》くのが地獄での最も重要な仕事だろうと思えた。それを担うのがセラピストとなる。

「あなたのマインドネームですが、お岩さんから謙信はどうかという提案がありました」

「上杉謙信ですか？　謙信は好きです」

「ではとりあえずそれでお願いします。これから大叫喚地獄でリハビリテーションを行いますが、謙信さんもご遠慮なくセラピーにご参加ください」

大叫喚地獄はさすがに巨大なデバイスで、入り口付近には豪放な炎に包まれた大釜《おおがま》があって、赤鬼、青鬼たちが熱湯をかきまぜている。地獄世界を象徴するデモンストレーションヴィジョンとなっているようだ。

「あの釜に入りたいという霊もいるんですよ。修行ですかね。前世では熱くないと念じるものですが、こちらでは熱いと信じなければ効果がありません。修行のニーズが高いので、極寒《ごっかん》地獄とか針の山なども建造中のようです」

受付のようなカウンターに閻魔屋敷のビルと同じようなボードが浮かんでいて、幾つかのキーワードで絞り込んでいくと三つの亡霊が残った。それらを呼び出して繭《まゆ》のような個室状の空間へ入ったが、意識は視覚を求めるのでそのようにプログラミングされた情報を受けているだけでしかなく、空間などというものがあるわけではない。それぞれの霊の姿も地獄へ来ると自動的にインストールされるソフトが個々の霊のメモリーを現出しているにすぎない。

「基本的に自我の意識はさまざまな経験や知識や見聞の受容によって、欲望とか、嫌悪とか、羞恥《しゅうち》とか、執着といったさまざまなコンプレックス、つまり複合体を構築していくことで発達すると考えられています。昭和一桁《けた》とか団塊《だんかい》世代は激しい競争社会に晒《さら》されてきましたので、そうしたコンプレックス系の自我が強固に居すわっていて、前世への執着も強いようです。ところが70年代以降に生まれたコンピュータ世代の人々には社会とか他人への強い関与を避ける傾向があって、経験的に得たものも、知識として得たものも、バーチャル世界での見聞も同じように取り込んでいくので、並列的になってコンプレックスが構築されにくい。オタク人間とか、セカイ系といわれる自我のあり方ですね。そうした人の意識はもともとこの地獄世界にかなり近く、それだけ馴染《なじ》みやすいといえるでしょう。

「今日の三霊は全て70年以降の生まれですね」

洗い地蔵さんは慣れたセラピストらしい講義で導入する。三霊は黙って頷《うなず》いた。痩《や》せて視線を中空に漂わせている男子霊と、頑強な体格の体育会系と思われる男子霊と、小柄で私たちを見つめて薄笑いをしている女子霊だった。

「ここはボクが考えていた世界です。たぶんボクがつくったのだと思います」

体育会系っぽいビンゴというマインドネームの青年霊がいう。

「ワタシもここへ来てそう思ったのよ」

女子霊がいった。

「ボクは前世でこの世界を正確に知っていたので、ここへ完全にメモリーを移せるよう覚《かく》醒《せい》したまま死んだ」

「どうしたというのよ」

「電車に飛び込んだ」

私が洗い地蔵さんに顔を向けると、地蔵さんはゆっくり頷いた。

「前世のタンパク質を利用しているので、もともとこういうセカイを想定していた人なら、ここの情報を獲得している可能性はありますね」

「ボクはここをとても嫌悪している」

最もオタクっぽいバビルというマインドネームの痩せた男子霊がいう。

「でもここには社会がなく、人間関係も希薄で、前世に比べると居心地よいのではないでしょうか」

私がいうと地蔵さんも頷く。

「セカイは社会に対抗して意味を持つんだ。むろんセカイが上位となって社会を押し潰《つぶ》すんだよ。それを実行する代行者もいない」

「バーチャルヒーローですね」

地蔵さんがいうとバビルさんはにやりと笑う。

「その根底にあるのはコンプレックスね。受験かなにかで挫折したの？」

女子霊は思わぬ厳しさを発揮した。バビルさんの表情が急にこわばって、そのまま黙ってしまった。

「ドロレスさんは地獄をどう考えていらっしゃるのですか？」

地蔵さんは女子霊をドロレスというマインドネームで呼んだ。

「ここ、あまり美しくないからね」

「美しく創り替えていけばいいんじゃない?」

私がいう。

「ワタシは何もない天国がいい。傷つけ合うのは特に嫌よ」

「でも傷つけることを口にしてしまうんだね。そこには自己顕示欲がありそう」

ビンゴさんはいう。

「そうよ。自己顕示欲がセカイ系の唯一のエンジンでしょう。自己顕示欲がなければさっさと天国へ行ってるわ」

「それでやはり不満というわけでしょうか。セカイ系の霊はここを簡単に理解してしまうので、ここと自分の世界との違いに失望して受け入れがたいのでしょう」

洗い地蔵さんは三霊を交互に見つめながらいう。

「ワタシ、前回のセラピーでいわれて、ソフトのインストールを受けてお花畑を作ってアップロードしたのよ。でも誰も見ないし、『いいね』も五つだけ」

「それは平凡すぎるんだよ。ボクは電車を作っている。ボクが厳選して選んで飛び込んだ電車だけれど、本当はこちらの電車に飛び乗ったことになるんだ」

「それもやはりキミのセカイだけでの自己満足でしかないわね。ワタシも好きな花を一つ一つ丁寧《ていねい》に作っていったのよ。でもそういうのってたくさんあるからコピーした方が手っとり早いのよね。アムステルダムのチューリップ畑だってコピーできるのよ。でも、それはやはりワタシのセカイではない」

今度はドロレスさんも少し遠慮がちにいった。確かに閉塞感《へいそくかん》にとらえられているのは前世とさほど変わらないようだ。地蔵さんも考え込んでしまって呟《つぶや》く。

「セカイ系にとっても物質世界が背後にあるとないとでは大違いなのですね」

私はお岩さんがここへ来たがらない理由がわかったように思えた。

「ここでは他の霊だけが唯一の存在となります。次のセラピーでは他の霊との関係に移りたいと思います」

洗い地蔵さんはそういって不満の残るセラピーを申し訳なさそうに見つめながら打ち切った。三霊は他に頼れるものはないというかのように、地蔵さんを見つめながら頷いた。

地蔵さんは次に強固なコンプレックスにとらえられた三霊を呼び出した。ビジネスマンのジョグさんと、地味で神経質そうな女性のアンさんと、全く逆に華やかな笑顔の女性お国さんの像が出現する。

「ようやくこの世界に馴染みましたよ。社会がないというのは私のような人間にとって何もかも否定されたようなものですが、もともと私は前世で物質と社会という架空のものを追い続けてきたのだと思っています」ジョグさんはいう。「でも、そんな架空の社会での経験もマインドに残っているわけだし、それが私という存在なのですから、この世界でお役にたてることがあるかもしれないとも考えるようになりました」

「もともと前世の社会を信じてご自身を順応させてきたわけでしょう。今も同じようにこの世界に順応しようとしているだけではないでしょうか」

お国さんはジョグさんの顔を見据えていう。

「あ、そうですね。まだ物質社会から抜け出していないのかもしれない」

ビジネスマンのジョグさんは理解が早い。

「ここでいろんな霊と話したりしながら、さらに順応していけばここでの存在を確かにできるのではないかと思います。もともと順応するのは意識の重要な活動でしょう」

私はいった。

「私は順応しないわよ。確かに前世での経験で無意味なものも多いけれど、意識そのものは変わっていないのだから、それはそれで経験として持ち続けるのが人格というか、この世界での霊のあり方になると思うのよ」

お国さんはいう。

「そんなことはどうでもいい。私は死ぬことに意味があったから、死んでしまってお終《しま》いなのよ。それだけね」

アンさんが割り込んで挑《いど》むようにいった。

「嫌なことが多かったのですね。でも昇天せずにここにいらっしゃるのは終わっていないこともあるということでしょう」

私はいう。

「たぶんね。でも、それが普通じゃないのかな」

「そう。本当は終わっていないと思うけれど、もともとそこまでのプロセスが虚《むな》しいものだったと思うのです。だからどうでもいいというのもわかりますよ」

そういうジョグさんの考えは大雑把《おおざっぱ》と思うが、誰もジョグさんに反論をしない。ただ、アンさんはそんなジョグさんをじっと睨《にら》みつけていた。おそらくアンさんはジョグさんのような考え方の人を強く嫌悪してきたのだろう。洗い地蔵さんはゆっくり3・11の自分の体験を話した。第一波が引いてから、第二波が来るまでに一人の子供を助けることができたが、本当は自分の妻を探していたという。それが逃げ遅れた理由だった。

「今もここで妻を探しているというのが、ここで仕事をしている本当の理由なのです。ここに居ないということは、ここへたどり着けなかったのか、まだ前世で生きているのかもわからないのですよ」

そういって洗い地蔵さんは何かを求めるように私を見た。そして呟く。

「妻がここへ来るのが良いかどうか、何ともいえないようにも思えますが」

第7景　最後の審判ドーム

「ここでも本当に前世を切り捨てることは難しいようですね。特に洗い地蔵さんのように愛する人との関係は引きずっていた方が良いようにも思えます。私はここで自分に課せられた仕事を理解していますが、これも前世から引きずってこざるを得なかったものだったわけですね」

私がいうと洗い地蔵さんはゆっくり頷いた。前世の私は検察官だった。それがここで特別待遇を受けてきた理由だろうともわかっている。ここには物質も肉体もないので暴力行為は存在しない。霊と霊との接触はfacebookのように双方の合意の下《もと》でしか成立しないので争いごとも多くは回避できる。ここには組織も機構も法律もないので権力も存在しない。それでも意識と意識の対立はあるし、双方が相手を許さずに争うことはあり得る。お岩さんのように前世での犯罪被害者もいて、犯人を告発するケースもあるだろう。だから唯一の権力としての裁判制度は必要なのだと思う。

私は洗い地蔵さんと別れて、少し休息をとって心の準備と整えてから地獄八景の一つ、最後の審判ドームに向かった。最後の審判はキリスト教やユダヤ教の理念で、仏教にはないものだが、このように物質のない世界では破壊もなく、あるとすればユダヤ、キリスト教的な終末だけということになる。それを予言したり、決定したりするのが最後の審判で、かなり早い時期にここにも導入され、唯一の機関らしきものとして世界の地獄との情報交換も行われている。

洗い地蔵さんに教えられて私がコンタクトした裁判官のマインドネームは実に信玄さんだった。あるいは裁判官のマインドネームは戦国武将に統一されているのかもしれない。最後の審判ドームは大きな劇場のようなところで、イギリスでのタウンホールの理念を導入し、建物像もどこかのものからコピーされたもののようだ。公開であるだけでなく、誰でも参加して許可を得れば発言もできる。裁判の理想に近づけたものと思う。

信玄さんは名のとおり豪放な霊だった。そして確かに前世での裁判官として何度か法廷で接したことがあり、大げさな歓迎の意思表示をして、私を最後の審判ドームに案内した。裁判官室ではロッカーからローブとウィグを取り出し、私に着用するよう促した。

「早速で申し訳ないが、地獄で初のハッカーが出て審判を求められている。右陪席をお願いしたい」

「この世界ではどのように逮捕、拘束するのでしょうか」

「今までそれができなかったが、被告霊自身が原告霊として出廷してきた。マインドネームをコアと称する原告兼被告霊は犯罪者を逮捕や拘束ができるようハッキングによる誘導が可能といって実際にそれを実行してみせたんだ。この世界を決定付ける重要な審判になると思うし、扱い一つで本当に最後の審判となる可能性すらある。せひご協力をお願いしたい」

「私はこちらでの経験が全くないし、ここでの規範に対する理解もないのですよ。もっと適切な裁判官がいらっしゃるでしょう」

「経験が薄いのは私も大差ないことだ。ここには法律がないので、われわれ自身が適切な判断をしなければならない。むしろ先入観のない考えが必要です。それに裁判官は高齢者が多いので、ここへたどり着けなかった人が多く、たどり着いてもすぐに天国へいってしまうんだ」

やがて左陪席の早雲というマインドネームの裁判官がやってきて、有無をいわせず審理を始めてしまった。

「コア原告兼被告霊はこの世界に犯罪が成立することを証明し、かつそうした犯罪者を逮捕、拘束できる技術を開発しました。犯罪の成立を認めなければ実際にハッキングが拡大することになり、逮捕、拘束が必要ともなるでしょう。一方でそれを受け入れたとすれば警察組織が必要となり、それに応じて法律も要求され、立法機関として国会まで作らなければなりません」

左陪席の早雲さんがいった。

「この世界に組織とか機構をつくるのは無理でしょう。それに機構ができるのは好ましいことではない」

私は引き込まれて発言してしまった。信玄さんはにやりとして軽く頭を下げた。

「ともかく第一回審問を始めましょう」

ホールには大群衆が押し寄せていて、肉体がないので二重、三重にも重なった霊が待ち構えていた。それだけの大群衆で全くの静寂が保たれているのも、地獄ならではといえよう。原告兼被告霊が弁護人二人を連れて舞台に登場し「起立！」という声とともに早雲左陪席、私、信玄裁判長と続いて中央の審判席についた。

冒頭陳述で弁護側の一人の霊はさまざまなハッキングの可能性を述べた。1）伝達タンパク質をブロックすることで動けなくし、閉鎖回路に閉じ込めて霊を拘束する。2）任意の霊に虚偽の情報を与えて集団的な不規則行動を起こさせる。3）痛みなどの伝達によって特定の霊に苦しみを与える。4）長時間の伝達ブロックによって昇天させる。つまり前世における殺人、傷害、監禁、暴動など、ほとんどの犯罪が地獄でも可能で、いずれここでの秩序は維持できなくなり、この世界そのものの存在すら危うくなる。早急に警察組織など必要な治安体制の整備が求められる。

これに対してもう一人の弁護人の霊は全く反対の主張をした。1）ここは物質の存在しない世界で、他の霊とのコンタクトも双方合意でのみ可能となるのでトラブルが発生しがたい。2）霊には充電など生存に必要なものは充足されており、こうした世界ではたとえ犯罪が可能となっても犯罪に走る動機が希薄となる。 3）窃盗の必要はなく、殺人、傷害に至る怨念《おんねん》も生じがたい。むろん性犯罪もあり得ず、あえて探せば本件がそうであるような愉快犯や環境を変えるための政治犯程度ではないかと思われる。「従って警察機構を創設するのは時期尚早と考えるべきでしょう」

「相反するご意見の両弁護士をお立てになったご本霊はどうお考えだろうか」

信玄裁判長が陳述を求めた。原告兼被告のコア青年霊は不思議な威厳を感じさせる笑顔でゆっくり裁判長を見つめ、話すべきかどうか少し迷っているかのように口を開いた。

「私はあくまでも愉快犯の立場をとらせていただきたいので、両弁護霊の主張のどちらにも加担するつもりはありません。むしろ裁判官閣下並びにお集まりの霊たちの判断を求めてこのような矛盾《むじゅん》した告発を行ったような次第です」

コアさんはずっと笑顔を崩さずに話した。そして私たちに向けて丁重《ていちょう》な一礼をした。

「一つお尋ねしたいのですが、よろしいでしょうか」

私がいうと、コアさんはまだ笑顔を崩さないまま頷く。

「調書メモリーによりますと、原告兼被告霊はさほど遠くない時期にこの世界に来られたようですが、前世で生存中にこの世界について何らかの認識、あるいは予感をお持ちだったのでしょうか」

　コアさんは意外な質疑と思ったようで、一瞬笑顔を停止したかのようにこわばらせ、すぐにもとの笑顔に戻った。

「はい、かなり細密に理解していました。そしてその頃からこの世界でのハッキングの可能性についても憂慮しておりました」

「もし、この審判でどちらかの判決が出ても、それに対して不服をお持ちになることはないということでしょうか」

　早雲左陪席がいうと、即座に頷く。

「はい、間違いありません」

　抽選によって発言を認められた参加者による意見陳述はかなり長時間に続いたが、それらには幾つかの重要な考え方があった。

　原告霊側の意見としては、1」ハッキング技術は誰でも扱えるものではないが、扱えるものが代行することは可能で、愉快犯のハッカーなら簡単に技術を貸与する可能性がある。またハッカーの開発した技術はある程度の技能を持ったハッカーに伝えられ、幅広く普及してしまう。それによって極めて広範囲に犯罪の可能性が生じる。2」前世でこの世界を予知していた人が前世では許されない復讐《ふくしゅう》などをこちらに持ち込んで実行する可能性がある。3〕いずれ秩序防衛が必要となるとすれば、早期にシステム開発を開始して理想的な法整備を行うべきだ。4〕ハッカーは拘束しない限り、次々と行為をエスカレートさせていくだろう。それはテロリスムが9・11に発展し、核兵器によるテロ国家の脅迫が成り立つのと同じだ。……というような鋭い指摘があった。

一方で被告側の意見としては、1〕もともとここは地獄なのであり、痛みや苦痛がない方がおかしい。基本的にはそれぞれが自分でハッキングから身を守るべきだし、それができなくても天国という逃亡先がある。2〕もし警察のような組織をつくればそれこそハッカーの至上の標的となり、そのハッキングによってこの世界全体が終末を迎える可能性がある。3〕戦いは防衛であろうが復讐であろうが全て悪だ。悪意に対抗するには悪意を撲《ぼく》滅《めつ》することで、誰も戦わず恐れないことが愉快犯にハッキングの動機を失わさせる唯一の方法だ。……というような高度な論調が展開された。

結審までさほどの時間を要することなく、裁判長も、右陪席の私も、左陪席の早雲さんも全員が被告霊に対する無罪判決、つまり一切のハッキング対策を行わないという考え方を支持した。

「この判決が正しいかどうかについては確信が持てませんが、法とか機構はないのが望ましいというのが三陪席の一致した考え方です。従って判決そのものは暫定《ざんてい》的なものではなく、ここが最後の審判ドームであるように、この告訴に対する最終判断となることを期待したい」

信玄裁判長は力強く宣言した。原告兼被告のコアさんは頷いて「ありがとうございます」とだけいった。そして最後の審判ドームに詰めかけていた霊たちも次々とどこかへ消えていった。私もとても疲れていたので全ての外的刺激を遮断した。

第8景　天国への階段

天国への階段はゆっくりカーヴしながら上へ上へ向けて続いているだけだ。これも仏教にない考え方なのでどこかから導入したものだろう。同じ題名の映画のセットを再現したものではないかとも思える。上へ行くほど周囲のタンパク質から遠ざかり、それとともに外部から遮断されていき、意識が薄れていって無に近づいていく。多くの霊たちがその階段を登っていくが、特にこの世界で絶望したというわけではなく、むしろ絶望するだけの希望を持たなくなってしまったというところだろう。私自身もこの階段を登ろうと思う。すでに自意識の存在が辛《つら》いとは思わなくなっているし、この世界での役割への責任感という自負心も失われてしまっている。

ただ、天国への階段を背景に開かれる音楽会は私をここにとどめていた。もともとこの世界では随時コンサートが開かれていて、全く聴衆のいないストリートミュージシャンのような演奏はおそらく無数にあるのだろうが、視聴を望んで集まってきた霊たちのために開かれる小さなコンサートも常にどこかで開かれている。天国への階段での大規模な演奏会は尾崎豊さんのファンたちによる熱心な呼びかけに尾崎さんの霊が応じて開催されたのが最初だった。むろん前世のように空間を音が伝播《でんぱ》するわけではなく、楽器が音を出すわけでもないが、ミュージシャンの意識に生まれた音はネットワークニューロンを伝わって視聴者に届く。ミュージシャンも楽器がなければ自分の音を感じることができないので、ホログラムのような楽器が作られ、それを演奏するとミスタッチまでが演奏者自身そう感じてしまうので視聴者には正確に伝えられる。ポップスもジャズもクラシックも演歌も天国への階段に来れば聴ける。それらは同時に演奏されているものの、視聴者は自分が聴きたい音楽にチャンネルを合わせるようにコンタクトすれば希望する音楽のみを聴くことができる。

天国への階段の霊たちの多くもそれらの演奏の一つを聴きながら登っていくようだ。今回はバッハのマタイ受難曲が演奏される。演奏はヘルシンフォニーオーケストラとヘル合唱団によるものだが、それぞれのプログラムに応じて集まってきた演奏者たちなので常にメンバーは入れ替わっている。指揮は朝比奈隆さんだった。

私はお岩さんにもう一度会いたくて誘ってみた。お岩さんは来てくれた。すでに身体がほとんど回復していて、なるほど痴情事件に巻き込まれても仕方ないと思わせる美貌《びぼう》だった。

「ありがとう」

私は前回別れた時と同じ言葉をいった。

「私も聴きたかった。難しい曲だし、古楽器も使われる大規模編成なので、ここでは初演なのよ」

そしてそれはメンゲルベルクによるアムステルダムコンセルトヘボウの歴史的な名演奏に劣らない感動的なもので、霊たちが全ての迷いから解き放たれ、魂が清められていくようなどっしりとした重力感のある演奏と独唱、合唱だった。67節のレチタティーヴォにかかると、立ち上がって次々と天国への階段へ向かう霊たちの姿が見えた。その中に、おや、コアさんがしっかりした足取りでゆっくり階段を登っていく。ビンチ&ストレッチでさらに拡大すると私に向けて笑いかけているように見えた。

「私たちも行きましょうか」

お岩さんがいう。

「え？　いいんですか？」

「そのつもりで誘ってくださったのでしょう」

お岩さんは穏やかな笑顔を私に向けた。私は頷いて、お岩さんとともに天国への階段のステップにゆっくり踏み入った。

Wir setzen uns mit Tränen nieder
Und rufen dir im Grabe zu:
Ruhe sanfte, sanfte ruh!

泣きながら跪《ひざまず》く

そして墓碑のキミに呼びかける
やすらかにおやすみなさい。おやすみやすらかに！

いかに終わるか　山野浩一発掘小説集／解説

岡和田晃

◉「未来学」批判としてのＳＦ

「ＳＦ界の検事」として畏怖され、「日本読書新聞」や「読書人」に厳しくも慧眼が冴えた批評を書いてきた評論家、世界文学とＳＦを大胆に架橋したサンリオＳＦ文庫（一九七八〜八七年）監修者、日本においてカウンター・カルチャーとしてのＳＦを牽引したオルタナティヴ・マガジン「ＮＷ―ＳＦ」（ＮＷ―ＳＦ社、一九七〇〜八二年）の編集長……。山野浩一（一九三九〜二〇一七年）の仕事を語るうえで、ＳＦは切っても切り離せない。

ただし、そのＳＦとは――世間一般で今なお大手を振るっている――楽天的な未来予測、批判的精神を欠如させた技術進歩史観に基づく類の「Science Fiction（＝科学小説）」ではない。とりわけ一九六〇年代から七〇年代にかけて、世界中で興隆したプロテストの波を正面から引き受け、今や英語圏では素朴なリアリズムに収まらないＳＦ・ファンタジー・ホラー等のトランスジャンル的な総称となった「Speculative Fiction＝（思弁小説）」を提唱し普及させた、極東における第一人者が山野なのである。

本書をご一読いただければおわかりかと思うが、山野の小説はまるで古びておらず、二〇二〇年代に読んでもほとんど違和感がない。それもそのはず、山野がSFの定義を拡張させたことにより、山野が理想としたような作風は、ジャンルを超えて遍在するに至ったからである。純文学の雑誌からホラー専門誌、あるいは詩誌やゲーム雑誌の頁を繰れば、あちこちに山野の精神的な継嗣を見出すことができよう。

帝国主義的な征服性をもって開拓される「外宇宙」とは異なる「内宇宙」のあり方こそをSFは模索すべきというのが、J・G・バラードやブライアン・オールディス、マイクル・ムアコックにジュディス・メリルらが「ニュー・ワールズ」誌や『SFに何ができるか』（浅倉久志訳、晶文社、邦訳一九七二年）等で展開した、ニューウェーヴSF運動の合言葉だった。それに日本でいち早く応答したのが山野で、高度経済成長に同調して「昭和元禄」の惰眠をむさぼる日本SFの状況を、舌鋒鋭く批判し続けた。「NW−SF」創刊号（一九七〇年）の巻頭に掲げられた「NW−SF宣言」は、そうした姿勢をわかりやすく表明した代表的な批評として、まったく新鮮さを失っていない。

現在の日本では、思想や論理のもつ重要な意味が見失われつつあり、政治は力関係のバランスの上に成立し、新聞報道は読者の反応によって作られ、あらゆる文化は情況的に生まれていく。人々は主体的な自己世界の代わりに現実への対応性だけを持ち、マスプロされた情報を片っ端から受け入れながら楽天的な日常生活を送っているのである。

SFは一面でこういった、ピカートのいう「アトム化時代」への順応力を持っており、巨大な情報メーカーとなり得るものである。そして、疑いもなく一部のSFはそうした役割を果そうとしている。「アポロ計画」や「万国博」とSFの結びつき、権力者たちの考える〝素晴らしい未来〟を立派に描いてみせるSF、特に許せないのは「未来学」などというものがSFジャンルの成果として堂々とまかり通り、そんなものに飛びつく一部SF作家がいるということだ。

SFは一方では「アトム化時代」に順応するだけでなく、情報の先取りをしながら「未来学」という騒音をまき散らしつつある。私達はこうした「騒音としてのSF」に対し反対すると共に、全ての管理に対しても反対しなければならない。そして、それができるのもまたSFである。(「NW—SF宣言」)

「未来学」とは、小松左京が『未来の思想』(中公新書、一九六五年)で構想した情報化社会における未来のあり方を考究する学問を指す。それは具体的な内実を精査される以前に、商業的なキャッチコピーとして流通し、しばしば既存の体制を追認するのみならず強化さえしてしまう結果を招いた。資本と権力にとって都合のよい「管理された未来」についてのプロパガンダでしかない、というわけだ。かような「未来学」的なSFは、社会の格差や差別の非対称性を隠蔽しつつ加速させるバックラッシュとして、近年いっそうさかんに再生産されているのが現状である。

ゆえに、こうした山野の活動は、同質主義的に膠着しがちな「SF文壇」においては、不当に黙殺ないし軽視されてきた。皮肉にもその一方、山野はとりわけ一九六〇年代〜七〇年代以降の精神史を代表する文化人として、文学のみならず都市論・政治論・音楽論といった多種多様な分野の批評をものし、確固たる存在感を発揮している。予定調和的な「未来学」の枠をはみ出る批評的な活動をSF作家の肩書で行なうことにより、山野は内側からSFのみならず文化の枠組みそのものを大胆に組み替えようとしたのである。

なかでも、最晩年まで続けられた血統主義の競馬評論家としての仕事は著名であるが、競馬とは、血統というデータベースを参照しつつも「Speculation（投機＝思弁）」としてのリスク、不確定性へ常にさらされざるをえない。山野は「新宿 PLAY MAP」四号（新都心新宿PR委員会、一九六九年）の批評「競馬」において、イギリスとアメリカの近代競馬を比較文化論的に論じている。晩年の山野は、この経験を世界史的なスパンで文明論的に俯瞰し、「リスクの受容とリスクコントロールの間を激しく揺れ動きながら発展してきた」ものとして、最終的には前者を情報社会におけるデモクラシー、後者を宗教の復権に位置づける独自の歴史哲学を織りなした（「リスクの認識、ギャンブルの試行」所収、宮坂敬造・岡田光弘・坂上貴之・坂本光・巽孝之編、『リスクの誘惑』、慶應義塾大学出版会、二〇一一年）。

◉SF作家デビューまでの軌跡

そんな山野の仕事の出発点には、何より映画の鑑賞・制作で培われた経験があった。近年の基礎研究により、特に初期における山野の仕事の詳細が少しずつわかってきているため、そちらを紹介していこう。

山野は自分が生まれたときから観てきた映画について詳細なノートを付けており、ソフトもない時代にもかかわらず、一九五三年から一九六一年にかけては、年間八十〜百三十本ほどの映画を鑑賞している。一九五七年から自分でも映画批評を書き始めた山野は、一九五九年、関西学院大学に入学後、映画研究会では「一人称主観映画」の『白と黒』（林千雄監督）の制作に参加する。翌六〇年には、ジャズの狂騒のもと——六〇年安保の敗北を受けてか——空回りするイデオロギーとファシズムへの傾斜を軽妙に笑い飛ばす不条理劇の傑作『△デルタ』を監督、これが寺山修司、足立正生、佐藤重臣らに高く評価された。さらには「映画芸術」九月号（編集プロダクション映芸）に批評「個性なき新しい波」、「関映連ニュース」十一月号（関西映画研究会連盟）に「抵抗はいかに現れるべきか」を発表している。

六二年に山野は大学を中退し、関西映画に入って丸一鋼管のPR映画『鋼管に生きる』の制作に参加。また、「映画評論」二月号（新映画）へ大島渚論「飼育と渚」を寄稿。六三年には上京し、寺山や足立、唐十郎や嵐山光三郎、オノ・ヨーコらと交流を深めるとともに、竹内健の訳・演出によるウージェーヌ・イヨネスコの『アメデーまたは死体処理法』（劇団表現座）に演出助手として参加（寺山が意匠担当としてクレジットされている）。またこの年、伊勢長之介監督による川崎製鉄所のPR映画『未来をつくる製鉄所』（岩波映画）の助監督の仕事もしている。おそらくこの頃までにベルジャーエフやヤスパースらの哲学を咀嚼して、山野は実存主義的な主体のあり方についての考察を深めた。映画監督では、フランソワ・トリュフォー、ジャン＝リュック・ゴダール、ルイ・マル、アンジェイ・ワイダらへの敬意をノートに書き留めていた。

ただ、寺山に映画なんか簡単に作れるものではないと言われ、制作現場に参加してそのことを痛感していた山野は、一念発起して戯曲「受付の靴下」と小説「X電車で行こう」を書き上げる。前者はイヨネスコの影響を感じさせるアンチ・テアトルで、寺山の推薦により「悲劇喜劇」一九六四年三月号に掲載された（後述する『鳥はいまどこを飛ぶか』所収）。後者は『△デルタ』のモチーフと、映画・美術批評誌「悪魔運動」（出堀茂男発行）に参画していた画家・中村宏が同誌の三号に寄せた小説「魂・千里を行く」（一九六二年）から刺激を受けた作品で、表題はデューク・エリントンのジャズナンバー「A電車で行こう」に由来する。柴野拓美が主宰するSF誌「宇宙塵」一九六四年二月・三月（科学創作クラブ）に掲載、三島由紀夫・石川喬司・中原弓彦（小林信彦）らの激賞を受けた。「X電車で行こう」は「SFマガジン」一九六四年七月号（早川書房）に掲載され、後に単行本化された際には星新一と、安部公房の推薦文が踊り、山野の代表作となっている（後述する『山野浩一傑作選I』所収）。一九八七年には、りんたろう監督・山下洋輔音楽でアニメ映画化もされた。山野自身、「デビューにあたっては当時の文化人の多数に全会一致のような支持を受けている」と自筆年譜で回想している。

以降の山野の活動はあまりにも多岐にわたるため、個別の作品解説においてピンポイントに触れていきたいが、二〇〇五年頃に山野がまとめた自筆年譜がウェブで公開されている（「山野浩一（Koichi Yamano）公式ウェブサイト（新）」（http://koichiyamano.blog.fc2.com/blog-category-2.html）。ただし、記憶をもとに書かれたものゆえ、一部の年次には正確ではないものも交じるようだ。『山野浩一傑作選I　鳥はいまどこを飛ぶか』（創元SF文庫、二〇一一年）に収められた高橋良平の解説を読めば、コンパクトに初期における山野の仕事の意義を把握することができる。状況との関わりに重点を置きつつ、個別の切り口を掘り下げた評伝としては、「TH（トーキングヘッズ叢書）」No. 72（アトリエサード、二〇一七年）より続く拙連載「山野浩一とその時代」をご参照いただきたい。「読書人WEB」で連載された「山野浩一氏追悼パネル（電子版限定）（1～4）」（https://dokushojin.com/reading.html?id=7060）では、荒巻義雄、増田まもる、巽孝之、デーナ・ルイス、高橋良平、大和田始らゆかりの人々が参加者を交えてイベントで語った山野の思い出が記録されており、参考になるだろう。「ナイトランド・クォータリー」vol. 25には大和田始の、vol. 27には山田和子のインタビューが掲載されており（どちらもアトリエサード、二〇二一年）、山野への言及がある。思想史的なアプローチの長編論考として、前田龍之祐「山野浩一論――SF・文学・思想の観点から」（二〇一九年度日本大学芸術学部奨励賞受賞作）もご紹介する。こちらはマックス・ピカートとの比較論が光る（https://note.com/ryumaeda0103/n/n14210e7ede6f）。

これらの仕事を敷衍しつつ、SF作家デビューに至るまでの山野の軌跡を一言で総括するならば、トリュフォーや大島渚に中村宏、イヨネスコや竹内健らの影響を受けつつ、映画と演劇における〝Nouvelle Vague＝（新しい波）〟の延長において、SFの〝New Wave＝（新しい波）〟を発見し、政治的現実と交錯する実存のありかを哲学的に掘り下げていく過程と位置づけることができるかもしれない。初期における山野の仕事において最大のキーパースンは盟友・寺山修司なのは衆目の一致するところだが、「NW―SF」に寺山は参加しておらず、互いにしばしば言及は行なっても、対談「至福千年・迷宮・地獄の思想」（『身体を読む　寺山修司対談集』所収、国文社、一九八三年）のようなわずかな例外を除き、ともになした仕事は少ない。山野は、「理論的な僕と感覚的な寺山さんだから、いつも意思疎通にはズレがあったけど、その違いも含めて愉しんでいた」（「競馬の世界でも「寺山ワールド」を展開」、「週刊朝日」二〇一三年五月一〇日号、朝日新聞出版）と振り返っている。これは戦後文化史において寺山が必ずしもフォローできていなかった領域を、山野が積極的に引き受けていた役割分担を示唆しよう。その精華が、本書に収めた作品群にもよく露われている。

◉既刊の単行本と本書の成立について

山野浩一の仕事を狭義の小説に限れば、以下の単行本が刊行されている。

・『X電車で行こう』（新書館、一九六五年／ハヤカワ文庫JA、一九七三年）
・『鳥はいまどこを飛ぶか』（ハヤカワSFシリーズ、一九七一年／ハヤカワ文庫JA、一九七五年）
※文庫になった際、収録作が一部カットされた。
・『殺人者の空』（仮面社、一九七六年）

・『ザ・クライム』（冬樹社、一九七八年）
・『花と機械とゲシタルト』（NW―SF社、一九八一年）
・『レヴォリューション』（NW―SF社、一九八三年）
・『山野浩一傑作選Ⅰ　鳥はいまどこを飛ぶか』（創元SF文庫、二〇一一年）※電子版あり。
・『山野浩一傑作選Ⅱ　殺人者の空』（創元SF文庫、二〇一一年）※電子版あり。

このうち、『レヴォリューション』に書き下ろされた「レヴォリューションNo.9」を最後に、三〇年あまりにわたって山野の小説創作は途絶えていた（ただし、足立正生との共著で、二〇〇六年には映画脚本『なりすまし』を上梓している）。『山野浩一傑作選Ⅰ』の著者あとがきには、「なぜ小説を書かなくなったのかと聞かれることが多いけれど、私の小説を読めばわかることなので真面目に答えたことがない」と始まり、「私の創作はかちっと完結しており（……）熱心な読者がそうしているように、何度も読み直せば一生それなりに楽しめるし、小説としての精神的役割を果たせるようになっている」と、断筆の理由が記されている。

ところが二〇一三年、意外なことに山野は、書き下ろしの新作「地獄八景」（大森望責任編集『NOVA10書き下ろし日本SFコレクション』所収、河出文庫）を発表している。結果的には、これが生前最後の小説となってしまったが、私の調査によって、既刊の単行本に収められていない作品が相当数、存在することが判明した。山野に発見したテクストを確認していくにつれ、これらは完成度の低さとはまるで別の理由により、書籍への収録を拒まれたこともわかってきた。「かちっと完結」しているはずの小説の全貌は、既刊の単行本のみを読むのでは見えていなかったと痛感したのである。

二〇一七年二月、長年介護生活を続けてきた二番目の妻・山野みどりの還暦祝いを一月に終えたばかりというのに、山野には食道癌が見つかった。自らの死期を直観した山野は、冷静に「終活」を始めた。その際に山野を励まし恢復を願うため、私はこれらの単行本未収録作をネットマガジン「SF Prologue Wave」(〈新サイト〉(https://prologuewave.club/)〈旧サイト〉(http://prologuewave.com/))で再掲する企画〈山野浩一未収録小説集〉を開始した。

六月二〇日に公開した「死滅世代」は、それまでの山野を知らない読者からも好評をもって迎えられ、プロの作家からは「情け容赦ない世界観はむしろ、現代の読者にこそふさわしいのかも」(樺山三英)と、称賛の声が寄せられた。この手応えを受け、私は山野と相談し、早いうちに未収録作品群の商業出版を企画した。そこで意見が一致したのは、当時、彩流社に編集者として勤務していた高梨治宛に持ち込むということである。

高梨が担当した画期的な企画〈定本荒巻義雄メタSF全集〉(巽孝之・三浦祐嗣編、全八巻+別巻、二〇一四~一五年)の第五巻『時の葦舟』には、山野が講談社文庫版『時の葦舟』(一九七九年)に寄せた解説が再録されている。そこで回想されているように、一九六六年から七〇年にかけて、山野は荒巻とSFのありかたをめぐる激烈な論争を行なったことがある。つまり二人はSpeculative Fictionの作家として、互いに一目置く好敵手だった。この版元ならば新たに面白いことができそうだ、と山野は考えたわけである。ただ〈山野浩一未収録小説集〉第二回の「自殺の翌日」を公開し、そのことを伝えたFacebookメッセンジャーの既読を確認したまさにその日、二〇一七年七月二〇日に山野は病没した。その後、高梨は独立して小鳥遊書房を設立したが、企画は立ち消えにならず、このたび本書を江湖へ問うに至ったわけである。

本書のタイトルは「NW―SF」八号（一九七三年）の特集タイトルにちなむ。収録にあたって、誤字脱字については訂正を行なった。

◉初めて山野浩一の小説に触れる人のために

現状、電子書籍化されている〈山野浩一傑作選〉以外は山野の単著の入手が困難になってしまっている。なかでも『花と機械とゲシタルト』と『レヴォリューション』は――生前の山野も自嘲していたことだが――古書にて高値で取引される状況が続いている。そのため、〈山野浩一傑作選〉から十年あまりを経て刊行された本書は、それまで山野の作品へ親しんだことのない読者にも〝いま、ここ〟の小説として愉しんでもらえるよう、構成を工夫した。江戸川乱歩の言う〈奇妙な味〉の怪奇幻想小説として読んでも問題ないし、そのまま「純文学」の大手文芸誌に載っていたとしても遜色ないものと思う。遊び心に溢れたゲーム小説も多い。

ここから〈山野浩一傑作選〉へ進んでもらうのもいいだろうし、『レヴォリューション』に収められた「革命狂詩曲」（中野晴行企画編集『暴走する正義 巨匠たちの想像力［管理社会］』所収、ちくま文庫、二〇一七年）は入手が容易なうえに傑作であり、そちらをひもといていただくのも一興と思う。

別途、山野は競馬関連を除いても、膨大な量の評論を遺している。判明しているだけで総計三百五十作品ほど、四百字詰め原稿用紙換算で二千三百枚を超える。それらのできるだけ多くを、『山野浩一全時評（仮）』（東京創元社から刊行予定）で読めるようにしたいと考えている。刊行までに時間がかかっていて恐縮だが、どうぞご期待いただきたい。

1 「死滅世代」と一九七〇年代の単行本未収録作

個別の作品紹介に移ろう。〈山野浩一傑作選〉では、各作品には難易度を示す唐辛子マークが付されていたので、本書でもそれに倣った。「SF Prologue Wave」で公開したことのある作品には「ＳＦＰＷ」を付けている。ちなみにＳＦＰＷでは現在、佐藤昇や土方潤一ら、「ＮＷ－ＳＦ」関係者の仕事の復刻を進めてもいる。

「1」では、山野の生前、単行本への収録がかなわなかった「死滅世代」を筆頭に、一九七〇年代に発表された作品群を集成している。多くの作品には辛辣なブラックユーモアが散りばめられ、終末論的な破滅の光景が幻視されている。この点において、晩年の山野が高く評価していた伊藤計劃『虐殺器官』（早川書房、二〇〇七年）や樺山三英『ゴースト・オブ・ユートピア』（早川書房、二〇一二年）にも通じる現代ＳＦとして読めるだろう。

○**「死滅世代」**（🌶🌶🌶　ＳＦＰＷ「小説推理」一九七三年七月号、双葉社）

山野浩一は代表作の一つで、学生運動における内ゲバ殺人へ向き合った「殺人者の空」（「ＳＦマガジン」一九七四年二月号、『山野浩一傑作集Ⅱ』所収）について、「ああ、ようやくこれだけの作品が書けたと思えた」と自己評価していたが、それに比肩する完成度の作品として、当人も気に入っていたのが、前年の一九七三年に発表された本作「死滅世代」である。初出時には小田切明夫のイラストが付された。

山野曰く、「数少ない未来宇宙小説でストーリーテラーな作品ではあるが、非常に陰鬱なトーンが貫かれているがため、単行本に収録しようとすると編集者に必ずはじかれた」とのこと。火星SFという意味では、フィリップ・K・ディックの諸作を彷彿させるところがあり、山野が買っていた宮内悠介『エクソダス症候群』（東京創元社、二〇一五年）のような二〇一〇年代以降のSFの動向ともリンクする。ヴィルヘルム・ライヒのオルゴン・エネルギーが出てくるのは、ビートニクの文脈とりわけウィリアム・バロウズを意識しているのではないかと推察される。結末は、傑作「内宇宙の銀河」（「奇想天外」一九八〇年十月号、奇想天外社、『山野浩一傑作選Ⅱ』所収）に通じる。

○**「都市は滅亡せず」**（🌶🌶🌶🌶）「流動」一九七三年十月号、流動出版）

「死滅世代」の姉妹編ともいうべき作品で、初出誌の「流動」は、いわゆる総会屋系の論壇誌。スポンサーの資金力に物を言わせ、自由に先鋭的な言説を展開できるところにメディアとしての強みがあった。掲載号の特集は「進化の終末を科学する」と題し、武谷三男や村上陽一郎が寄稿していた。そこに諏訪優の小説と並んで本作が掲載されたのは、「死滅世代」以上に文明批判のトーンが濃厚に出ているからと推察される。初出時には中島弘二のイラストが付されていた。「死滅世代」に輪をかけて、一抹の救いもない話である。「死」を無限に繰り延べさせながら、「未来」を管理・支配しようとする権力性に無自覚な日本SFへのカウンターとして、「破滅を免れる盲目的な進歩思考から、いかに滅亡し、いかに死ぬかを考えなければならない」という問題意識があったからだろう。

実際、本作に先んじて「流動」一九七二年九月号に発表された批評「逆流した歴史は終末に始まる」では、トマス・M・ディッシュ『人類皆殺し』（原著一九六五、深町真理子訳、早川書房、一九六八年／ハヤカワ文庫JA、一九七六年）、パミラ・ゾリーン「宇宙の熱死」（原著一九六七、浅倉久志訳、「SFマガジン」一九六九年十月号）にも通底する「無意識的な終末感のアイデンティティ」が追究されていた。

山野は三百七十三万部と戦後日本最大級のベストセラーとなった小松左京『日本沈没』（光文社、上下巻、一九七三年）をいち早く「読書人」の時評で批判していた。「純粋な理論の面では極めていい加減な思考が横行し、例えば人間の存在論的な意思として表れるものは全て〝ガン〟として割り切られて哲学的考察が全く欠けている」、「国家危機を国家機密で乗り越えようというような雑な政治理念にはいささかあきれる。この面では全く防衛省のPR小説でしかない」反動作品だというわけである（「読書人」一九七三年四月十六日）。『日本沈没』とは異なる終末のあり方を追究したのが、「死滅世代」と本作なのである。

山野は都市論や都市ゲリラに強い関心があり、「日本読書新聞」一九七四年二月七日号には逆説に満ちた都市論「愛着を持たれる街こそ最悪　病巣としての都市を生み出したい」を寄せている。そこでは自分が小説を書きながら考究している都市像として、「1廃墟、2全体主義都市、3迷宮都市、4ユートピア、5市街戦場」の五つを挙げている。

○「**自殺の翌日**」（🌶　SFPW「話の特集」一九七三年三月号、話の特集）

矢崎泰久が責任編集をつとめる、カウンター・カルチャー色の強いミニコミ誌「話の特集」の表紙下部に全文が掲載された。不条理な対話は「受付の靴下」（『鳥はいまどこを飛ぶか』所収）。を彷彿させる。翌月の同誌（一九七三年四月号）には小松左京のショートショート「オーバー・ラン」が、類似のレイアウトで掲載された。先述のように、山野は「話の特集」編集部出身の本間健彦が編集していた「新宿**PLAY MAP**」の寄稿者でもあった。

○「**数学SF　夢は全たくひらかない**」（🌶🌶🌶　SFPW「N」十一号、川又千秋発行）

初出誌は川又千秋の個人誌で、「N」はニューウェーヴSFを含意する。本作は、あちこちに数字が隠されている。SFPWに採録されたものを読んだ片理誠曰く、「ひらかない」なので、漢字に隠されている数字だけを足すのだとすると……三七三（大阪のミナミ）になるという。ほかにも別案がありそうなので、ぜひ正解を考えていただきたい。

引き合いに出されている「ピース・ホープ・ハイライト・セブンスター・いこい」は「話の特集」一九七〇年八月号に掲載された作品を指す（『鳥はいまどこを飛ぶか』所収）。この号の編集前記には、「ショート・ショートの中から煙草の名前（日本専売公社発売のもの）を一番多く探し出した人10名に『NWSF《ママ》』誌を贈呈します。葉書にて話の特集編集部まで7月15日までにお寄せ下さい」とあった。

○**「丘の上の白い大きな家」**（　SFPW「週刊新潮」一九七〇年九月二十六日号、新潮社）

二人が描く〝SFと住まい〟と題された企画の一環で掲載されたもの。辰巳四郎によるイラストも添えられていた。大手週刊誌という読者数の多い媒体に発表したためか、リーダビリティが意識されているようで、前半のフックが読者を引っ張る。大統領と電子頭脳に関する会話は、明らかに「レヴォリューション」（「SFマガジン」一九七〇年十月号、『レヴォリューション』所収）に通じる。オチも皮肉が効いており、なぜ「大きな家」が「白い」のかというと、「ホワイトハウス」だからかもしれない。

○**「グッドモーニング！」**（　「黒の手帖」一九七一年八月号、檸檬社）

「NW―SF」寄稿者でもある伊藤守男・平岡正明・中村宏・嵐山光三郎らが参加したアングラ雑誌「黒の手帖」掲載ということもあってか、ナンセンスを徹底させた展開が不穏な作品。何気ない日常を成立させている常識の箍をそのまま外したかのような読み味。シュルレアリスム絵画をストーリー仕立てにしたかのようでもあるし、ドラッグで見た白昼夢のようでもあり、あるいはつげ義春や安部慎一、林静一や蛭子能収等のオルタナティヴ・コミックをも彷彿させる。一日の始まりを示すコミュニケーションの基礎となる挨拶と、本作で繰り返される「グッドモーニング！」は、もはやまったく別である。

○**「宇宙を飛んでいる」**（🌶🌶「新刊ニュース」一九七一年十一月一日号、東京出版販売株式会社）

俗にＳＦへの皮肉として「宇宙船さえ出せばＳＦになる」と言われる。そうした「お約束」を逆手にとった展開から、実存主義的な問いが深められる。日記の記述に関する回想には、終末への意識もすでに打ち出されている。

○**「子供の頃ぼくは狼をみていた」**（🌶「新刊ニュース」一九七二年、東京出版販売株式会社）

終戦直後の風景がよく伝わるジュヴナイルで、私小説的な読み味は山野の小説としては実は珍しい。もちろん仕掛けはあるし、寓意を読み込むこともできる。が、ここは絶滅したはずのニホンオオカミではない「西洋種」の狼が、焼け跡をイキイキと飛び回る雄渾なダイナミズムをまずは堪能したいところ。ポール・カントナー&グレース・スリックの引用も気が利いている。小松左京との対比であれば、『日本アパッチ族』（光文社、一九六四年）と比べ読んでも面白いかもしれない。

○「廃線」（『東京市電・東京都電』所収、工作舎、一九七六年）

山野浩一による一九七八年の自筆年譜では、「工作社《ママ》を設立して新しい文学、哲学、科学の運動を始めていた松岡正剛さんは「遊」という雑誌を発行していて、「季刊NW―SF」と相互に影響を与え合いながら日本文化の新しいムーヴメントを築いていくことができた」とする。その一例が本作であり、初出媒体の『東京市電・東京都電』には、グラフィック・デザインに戸田ツトムらが参加していた。

「X電車で行こう」が「昼」ならば、本作はさながら「夜」である。視点人物が「K」と名指されているが、「殺人者の空」では、学生運動の内ゲバで殺害された学生が「K」と呼ばれている。この「K」というイニシャルは、「浩一（Koichi）」の「K」あるいはフランツ・カフカや夏目漱石の諸作品を連想させる。荒巻義雄も、代表作『神聖代』（徳間書店、一九七八年、『定本荒巻義雄メタSF全集 第六巻』所収）で、かつて本名としていた「邦夫（Kunio）」やカフカを思わせる「K」を登場させていた。

本作が発表された一九七六年、松岡正剛は「NW―SF」十二号から「スーパーマーケット・セイゴオ」の連載を開始する（〜十七号、一九八一年まで）。連載は大幅な加筆修正のうえ、『雑品屋セイゴオ』（春秋社、二〇一八年）にまとめられている。また、一九七九年には、山野浩一・荒俣宏・松岡正剛の鼎談本『ＳＦと気楽』（工作舎）も発刊されている。

2　一九六〇年代の単行本未収録作

「２」では、初期のＳＦ小説のうち、『Ｘ電車で行こう』ほか単行本に入っていないものをまとめた。実存の深奥を問うた一九七〇年代の作品に比べて、ポップな明るさが前景化しており、山野が原案・原作・脚本を担当していた（主題歌の作詞は寺山修司の）ＴＶアニメ『戦え、オスパー！』（一九六五年）や、「少年キング」で連載されていた伊奈たかし（福元一義）による漫画版、劇団表現座で一緒に仕事をしたことのある前田亜土（ミュージシャン・森田童子の夫でもあった）の画になる漫画「怒りの砂」を「中三時代」に連載（一九六七年）するといった仕事を彷彿させる。これら冒険ＳＦのキャリアが基本にあるからこそ、山野はニューウェーヴの重要性を理解できたのだ。

○「ブルートレイン」（「旅」一九六六年一一月号、新潮社）

山野浩一は手塚治虫原作のアニメ『鉄腕アトム』の第一一四話「メトロ・モンスターの巻」の脚本を担当しており（一九六五年四月一〇日放送、演出は富野喜幸〔＝富野由悠季〕）、これは『鉄腕アトム』版「X電車で行こう」ともいうべき作品になっていた。その後、同じく手塚治虫原作のアニメ『ビッグX』（一九六四～六五年）の脚本を手掛けるようになる。

「異色小説」と冠された本作は、「メトロ・モンスターの巻」とも、あるいはりんたろう監督版『X電車で行こう』とも異なる、歴史に埋もれた第四の「X電車で行こう」である。初出時には金森達のイラストが付された。「赤い貨物列車」（『X列車で行こう』、『山野浩一傑作選Ⅰ』所収）とも好対照。

○**「麦畑のみえるハイウェイ」**（🌶「宇宙塵」一九六四年一二月号、科学創作クラブ）
○**「ギターと宇宙船」**（🌶「宇宙塵」一九六五年一一月号、科学創作クラブ）
「宇宙塵」に掲載されたものの、同時期の単行本『X電車で行こう』には収録されていない二作で、山野が「SF文壇」との距離のとり方を模索していた時期の作品。デビュー小説に続く第二作「雪の夜に失ったもの」（「宇宙塵」一九六四年五月号）は、単行本へ収めるにあたり「雪の降る街」と改題、大幅な改稿が施された（『X電車で行こう』所収）。「麦畑が見えるハイウェイ」は――アンドレイ・タルコフスキー監督『惑星ソラリス』（一九七二年）の冒頭部や高斎正のカーレース小説を彷彿させる作品で——山野曰く「一見男の名前で、その通り男みたいな女なのだが、化粧してないのが何よりいい」（大和田始「遊侠山野浩一外伝」、「NW-SF」五号、一九七二）ヒロインのピート・ランペットが活躍する「未来の交通機関大図鑑」こと「闇に星々」（「宇宙塵」一九六五年一月号、『山野浩一傑作選Ⅱ』所収）への予告編のようにも読める。

「ギターと宇宙船」は快作と思うが、掲載誌の「宇宙塵」では概して不評で、登場人物の名前が長すぎる、SF考証が厳密ではないと、複数の批判が寄せられた（「宇宙塵」一九六五年十二月号）。それに対して山野は長文の反論を寄せている。著者の意図が端的にまとめられているため、前半部を引用したい。

「まず、読者にサービスせよとありますが、読者サービスとは、要するに読者をなめてかかる事ではないかと思います。これで楽しく読めるだろうというような気持で書かれた作品よりは、作者が書く要求にかられたものを書いたものの方が、読者との本当のコミュニケーションが成立しうるのではないでしょうか？　ついでながら、小生の作品は客観的な意味でSFの主流ではないかもしれませんが、小生の書きたいものが現段階の主流と一致しなくても仕方がないでしょう。船乗りの話を宇宙航士の話に慕ってたわけでもなく、小生としては単に宇宙航士の話の比喩として船乗りを使ったにすぎません」（「宇宙塵」一九六六年三月号）ということだ。

既存の「SFらしさ」の規範から、山野は自分が逸脱しているのを自覚しないわけにはいかなかったようで、「宇宙塵」一九六四年十月号に収められた「(座談会)「幻想の未来」をめぐって」では、連載終了したばかりの筒井康隆の問題作『幻想の未来』への困惑を隠さない参加者たちのうち、ほぼ山野一人が同作を強く評価していた。

そして、「SFの境界領域をさぐっていた感のある作者が、いよいよ本腰を入れて中心部にふみこんだ」と評された「開放時間」(「宇宙塵」一九六六・四～六月号、『山野浩一傑作選Ⅱ』所収)以来、山野は「宇宙塵」では小説を発表していない。

○**「箱の中のX〈四百字のX〉1」**(🌶) SFPW「月刊タウン」創刊号、一九六七年一月、アサヒ芸能社)

○**「X塔〈四百字のX〉2」**(🌶) SFPW「月刊タウン」二号、一九六七年二月号、アサヒ芸能社)

○**「同窓会X〈四百字のX〉3」**(🌶) SFPW「月刊タウン」三号、一九六七年三月号、アサヒ芸能社)

雑誌掲載時には見開きで作家の手書き原稿の写真を載せ、「原稿用紙一枚＝四百字」という制約のなか、「X」をめぐる思弁を展開した作品群。作品によって「X」の位置づけが変わっていくのが読みどころか。SFPWに採録された際、返歌として平田真夫が「都市伝説X」を、岡和田晃が「X橋」を寄せている。あなたならではの「X」を書いてみるのも面白いかもしれない。

「NW―SF」出身の翻訳家・増田まもる曰く、J・G・バラード「下り坂カーレースにみたてたジョン・フィッツジェラルド・ケネディ暗殺事件」（原著一九六六年、『J・G・バラード短編全集4』所収、伊藤典夫訳、東京創元社、二〇一七年）のような「濃縮小説《コンデンスド・ノベル》」として読むべきではないか、とのこと。

「月刊タウン」は写真をふんだんに設えた男性向けの情報誌。「プレイボーイ」の向こうをはるかのようなヌード記事もあれば、ヴェトナム戦争の模様などもレポートされていた。豪華な作りの雑誌だったが、七号で終刊と短命に終わっている。

3　21世紀の画家　M・C・エッシャーのふしぎ世界

若者向け総合誌「GORO」（小学館）に連載されたショートショートの連作で、没後にブームとなったエッシャーの絵画とセット、フルカラー、凝りに凝ったレイアウトで掲載されていた。怒濤のSpeculative Fiction の〈奇妙な味〉二十連発をご堪能あれ。

山野自身も出来映えには自信があったが、採録が実現しているのは、『レヴォリューション』や中野晴行企画編集『あしたは戦争　巨匠たちの想像力［戦時体制］』（ちくま文庫、二〇一六年）に収められた「戦場からの電話」のみ。同じくエッシャーをモチーフにした荒巻義雄『カストロバルバ　エッシャー宇宙の探偵局』（中央公論社、一九八三年、『定本荒巻義雄メタSF全集　第七巻』所収）と読み比べても面白いかもしれない。

連作のスタイルはさまざまで、絵のモチーフから着想されたと思しき作品もあれば、むしろタイトルをふまえて書かれたような作品もある。そうかと思えば、さながら散文詩のように自由な作品までもが含まれる。「K」が出てくる作品、『ザ・クライム』と連動する作品もある。が、本書では、すでに「戦場からの電話」が単独作で流通していることに鑑み、レイアウトを通常の小説本のスタイルとした。テクスト単体でも充分に成立する作品群だと認識していただくため、あえてエッシャーの絵は収めていないものの、関連タイトルを以下に列挙するので、画集の頁を繰っていただければ、また読み方が変わるだろう。

○**「階段の檻」**（🌶）　原題・Relativity（相互依存）1953　リトグラフ　28×29cm（「GORO」一九七六年二月二十六日号）

○**「端のない河」**（🌶）　原題・Waterfall（滝）1961　リトグラフ　38×30cm（「GORO」一九七六年三月十一日号）

○**「鳩に飼われた日」**（🌶🌶🌶）　原題・Another World（もうひとつの世界）1947　木版　31.5×26cm（「G

ＯＲＯ」一九七六年三月二十五日号）

○「**箱の訪問者**」（🌶🌶） 原題・Reptiles（爬虫類）1943　リトグラフ　33.5×38.5cm（「ＧＯＲＯ」一九七六年四月八日号）

○「**船室での進化論の実験**」（🌶🌶） 原題・House of Stairs（階段の家）1951　リトグラフ　47×24cm（「ＧＯＲＯ」一九七六年四月二十二日号）

○「**不毛の恋**」（🌶） 原題・Moebius Strip II（メビウスの帯Ⅱ）1963　木版　45×20cm（「ＧＯＲＯ」一九七六年五月十三日号）

○「**氷のビルディング**」（🌶🌶） 原題・Belvedere（見晴らし台）1958　リトグラフ　46×29.5cm（「ＧＯＲＯ」一九七六年五月二十七日号）

○「**戦場からの電話**」（🌶） 原題・Day and Night（昼と夜）1938 木版　39×68cm（「ＧＯＲＯ」一九七六年六月十日号）

○「**永久運動機関は存在せず**」（🌶） 原題・Drawing Hand（描く手）1948　リトグラフ　28.5×34cm（「ＧＯＲＯ」一九七六年六月二十四日号）

○「**ヘミングウェイ的でない老人と海**」（🌶🌶） 原題・Bond of Union（固いきずな）1956　リトグラフ　26×34cm（「ＧＯＲＯ」一九七六年七月八日号）

○「鳥を釣る熊さん」（🌶）　原題・Sky and Water I（空と水Ⅰ）1938　木版　28×26cm（「GORO」一九七六年七月二十二日号）

○「鳥を保護しましょう」（🌶🌶）　原題・Sun and Moon（太陽と月）1948　木版　25×27.5cm（「GORO」一九七六年八月十二日号）

○「確率の世界」（🌶🌶）　原題・High and Low（鳥瞰と俯瞰）1947　リトグラフ　50.5×20.5cm（「GORO」一九七六年八月二十六日号）

○「二重分裂複合」（🌶🌶🌶）　原題・Double Planetoid（二重小惑星）1949　木版　直径37.5cm（「GORO」一九七六年九月九日号）

○「無限百貨店」（🌶）　原題・Convex and Concrave（凸面と凹面）1955　リトグラフ　28×33.5cm（「GORO」一九七六年九月二十三日号）

○「快い結晶体」（🌶🌶）　原題・Gravitation（集中化）1952　リトグラフ　30×30cm（「GORO」一九七六年十月十四日号）

○「石の沈黙」（🌶）　原題・Eye（眼）1946　メゾチント　15×20cm（「GORO」一九七六年十月二十八日号）

○「機械動物園」（🌶🌶）　原題・Mosaic II（モザイクⅡ）1957　リトグラフ　32×37cm（「GORO」一九七六年十一月十一日号）

○「**私自身の本**」（） 原題・Print Gallery（画廊） 1956 リトグラフ 32×32cm（「GORO」一九七六年十二月九日号）

○「**廊下は静かに**」（） 原題・Ascending and Decending（上昇と下降） 1960 リトグラフ 38×28.5cm（「GORO」一九七六年十二月二十三日号）

4 未発表小説、および「地獄八景」

山野自身が「創作末期」と称していた一九八三年の未発表作品、それに加えて小説としての遺作となった二〇一三年の「地獄八景」を収録した。一九六〇年代・七〇年代の作品群とは、少なからず雰囲気が変わっているように思える。

連続を読み込むべきか、断絶を感じ取るべきか……。

○「**嫌悪の公式**」（ 生前未発表、一九八三年）

山野浩一の遺品から見つかった、四百字詰め原稿用紙十枚の作品。一九八三年四月頃の作品と推定される。「ショートショートランド」（講談社）に掲載予定だったが、何らかの予定で果たされなかった模様で、宇山秀雄（日出臣）による山野浩一宛の宛の手紙が山野の遺品から見つかった。内容は以下の通り。

「誠に、本当に申し訳ありません。

小生のせいで、多大なる御迷惑をおかけしてしまい、ひたすらお許しを乞うばかりです。この雑誌に於ける私の存在意味って何だろうと、考えこんでしまいます。

二度と、こういう事のないよう、頑張るつもりです。みんなを、ギャッ！といわせたいです。

「ショートショートランド」編集部員？　宇山秀雄」

――そんな曰く付きの本作に関しては、多言は慎んでおくとしよう。じっくり読み解いていただきたい。

○「**地獄八景**」（　大森望責任編集『NOVA10』、河出文庫、二〇一三年）

山野浩一の絶筆で、それまでの作品とは異なる、突き抜けた感覚に驚かされる。「嫌悪の公式」は読者への共感をほとんど求めていない、冷ややかな絶望が伝わってくるものだったが……上方落語の「地獄八景亡者戯《じごくはっけいもうじゃのたわむれ》」を下敷きにした本作は、うって変わって死後の世界とは思えない、朗らかなトーンに満ちている。

二〇一一年の東日本大震災がふまえられ、地獄でさえもSNSのようなネットワークが張り巡らされ、承認欲求を満たす「いいね！」によるコミュニケーションが浸透している一方、ハッキングの危険にもさらされている。団塊の世代と一九七〇年代以降に生まれたコンピュータ世代の対比も面白い。「天国への階段」を上るラストは静かな感動を呼ぶ……という言葉ほど、救済を拒絶するかのような作品が集成された今回の作品集に似合わないものもないが、そうとしか言いようがない。

私のお気に入りはチャーミングなお岩さん。

◉戦後文化史の特異点

いかがだったろうか。ひとえに作品の力により、本書もまた「一生それなりに楽しめるし、小説としての精神的役割を果たせるようになって」いるものと思う。

本書の成立にあたっては、山野浩一氏のご遺族（実娘である著作権継承者の山野牧子氏、最初の妻である美讃子［美賛子］氏、また実弟の修氏）のお世話になった。企画の実現は、小鳥遊書房の高梨治氏の英断による。中野正一氏の美しくも不穏な装画は、生前の山野が見たら必ずや満足したはずだ。先立って、SFPWでの〈山野浩一未発表小説集〉企画をご快諾いただいた片理誠編集長（当時）にも感謝を捧げる。

　また、二〇一八年七月三十日、「山野浩一さんを偲ぶ会」をホテルメトロポリタンエドモンドにて行ない、百四十名ほどの関係者が参加したが（レポートは「図書新聞」二〇一八年十月十三日号をご参照されたい）、参加者や発起人の各氏はむろん、同会の運営に関わった小浜徹也・古市怜子ほか各位にも御礼申し上げる。加えて本解説は、これまで私が「TH（トーキングヘッズ叢書）」、「SFマガジン」、「読書人」、「図書新聞」、「層　映像と表現」（ゆまに書房）、「新潮」（新潮社）、「ナイトランド・クォータリー」等に書いてきた山野浩一関連の論、および日本近代文学会二〇二一年度春季大会での特集企画内での発表に多くを負っており、それらの媒体における編集者・企画者・協力者諸氏にも感謝したい。

　小説に限っても、長編作品である『花と機械とゲシタルト』の復刻をはじめ、実現させるべき課題は少なくないが、ひとまずは、本書がこれまで山野浩一のSFを愉しんできた読者、何より、未知の読者へ届くことを願っている。本書が、戦後文化史の特異点を確認し「管理された未来」に抗い、転覆させるよすがとなれば幸いである。

※本解説で紹介したウェブサイトは、いずれも二〇二一年十一月段階で閲覧を行なった。

【著者】

山野 浩一

（やまの　こういち）

1939年大阪生まれ。関西学院大学在学中の1960年に映画『△デルタ』を監督。1964年に寺山修司の勧めで書いた戯曲「受付の靴下」と小説「X電車で行こう」で作家デビュー。「日本読書新聞」や「読書人」のSF時評をはじめ、ジャンルの垣根を超えた犀利な批評活動で戦後文化を牽引した。1970年に「NW–SF」誌を立ち上げ、日本にニューウェーヴSFを本格的に紹介。1978年からサンリオSF文庫の監修をつとめ、SFと世界文学を融合させた。血統主義の競馬評論家、『戦え！ オスパー』原作者としても著名。著書に『X電車で行こう』（新書館）、『鳥はいまどこを飛ぶか』（早川書房）、『殺人者の空』（仮面社）、『ザ・クライム』（冬樹社）、『花と機械とゲシタルト』、『レヴォリューション』（以上、NW–SF社）、『山野浩一傑作選』（全2巻、創元SF文庫）、『SFと気楽』（共著、工作舎）ほか。2017年逝去。没後、第38回日本SF大賞功績賞を受けた。

【編者】

岡和田 晃

（おかわだ　あきら）

1981年北海道生まれ。文芸評論家・作家。「ナイトランド・クォータリー」編集長、「SF Prologue Wave」編集委員、東海大学講師。著書に『「世界内戦」とわずかな希望——伊藤計劃・SF・現代文学』、『世界にあけられた弾痕と、黄昏の原郷——SF・幻想文学・ゲーム論集』、『再着装の記憶〈エクリプス・フェイズ〉アンソロジー』（編著）（以上、アトリエサード）、『反ヘイト・反新自由主義の批評精神——いま読まれるべき〈文学〉とは何か』（寿郎社）、『脱領域・脱構築・脱半球——二一世紀人文学のために』（共著、小鳥遊書房）、『山野浩一全時評（仮題）』（編著、東京創元社近刊）ほか著訳書多数。「TH（トーキングヘッズ叢書）」で「山野浩一とその時代」を連載中。第5回日本SF評論賞優秀賞、第50回北海道新聞文学賞創作・評論部門佳作、2019年度茨城文学賞詩部門受賞、2021年度潮流詩派賞評論部門最優秀作品賞受賞。

いかに終《お》わるか

山《やま》野《の》浩一《こういち》発掘《はっくつ》小《しょう》説《せつ》集《しゅう》

2022年1月20日　第1刷発行

【著者】
山野浩一
©Makiko Yamano, 2022, Printed in Japan

【編者】
岡和田晃
©Akira Okawada, 2022, Printed in Japan

発行者：高梨 治
発行所：株式会社**小鳥遊《たかなし》書房**
〒102-0071　東京都千代田区富士見1-7-6-5F
電話 03（6265）4910（代表）／FAX　03（6265）4902
https://www.tkns-shobou.co.jp

装画　中野正一
装幀　渡辺将史
印刷　モリモト印刷株式会社
製本　株式会社村上製本所

ISBN978-4-909812-76-6　C0093

本書の全部、または一部を無断で複写、複製することを禁じます。
定価はカバーに表示してあります。落丁本・乱丁本はお取替えいたします。